EU QUERO É ME DIVERTIR!

Escrito e criado por: Manolo de Piedade

MANOLO DE PIEDADE

ÍNDICE

CAPÍTULO 1 – SEM RESSENTIMENTO. *05*

CAPÍTULO 2 – O FIM DA RELAÇÃO E UMA NOVA EXPERIÊNCIA *42*

CAPÍTULO 3 – OS SHOWS *80*

EU QUERO É ME DIVERTIR!

EU QUERO É ME DIVERTIR!

CAPÍTULO 1 – SEM RESSENTIMENTO.

Ele chega em casa e nem responde ao cumprimento de sua mãe. Vai direto até o quarto e aciona o aplicativo de celular. Com o dedo, ele desce seus contatos até achar o de Tales. Ele pensa em chamar Tales para uma conversa. Está angustiado e quer desabafar com alguém. Muito tempo que a gente não conversa, será que vale a pena? Pensou ele.

Ele então decide. Clica no nome de Tales e uma janela é aberta no aplicativo. Ele começa a digitar, mas é surpreendido por uma mensagem:

Fala aí, Olavo!

Primeiro vem um silêncio, mas alguns segundos depois Tales continua:

Diga tu! Ué, ainda acordado? Pensei q dormisse cedo.

Não consigo dormir. Cheguei agora em casa.

Yep!

Tava na casa da Deise. Tentando voltar com ela.

Voltar? O q houve?

Ela terminou comigo hoje.

Hum? Pq?

MANOLO DE PIEDADE

Acredite. Pq eu usei bermuda na Quinta da Boa Vista!

Bermuda? Lá? Mas hoje estava quente!

É. Eu sei.

Mas terminar um namoro por causa de uma bermuda?

Cara, também tô sem entender direito até agora. A coisa já não tava boa faz tempo, e eu tentava remediar. Gostava dela. Não entendo...

Yep.

Não queria terminar.

Yep. Mas não fica assim. Logo aparece outra.

Não queria q aparecesse outra. Quero ela.

Durante um minuto Tales não responde e isso incomoda. De repente Ele volta a digitar:

Sabe cara. A Deise foi minha segunda namorada. O que me incomoda foi que nessas duas vezes só tomei na bunda.

Namorou pouco. Finalmente responde Tales.

Sim. Nunca quis muitas. Sabe, sempre achei isso errado. Queria apenas uma por toda a vida.

É?

Sim.

EU QUERO É ME DIVERTIR!

Fiquei até surpreso. Como aguentou tanto?

Quero uma só, sabe. Não me prender a ideia de ter várias. Tô mal porque não sei se vou conseguir de novo. Até hoje não sei o motivo.

Não sabe mesmo?

Só se o motivo sou eu.

Cara, voltamos a nos ver faz pouco tempo. Relacionamentos não são assim. Vc tem que deixar acontecer, não planejar o casamento no primeiro encontro.

Hum. Mas eu nunca planejo!

Não precisa dizer. Vc mesmo confirmou isso em algumas mensagens mais acima.

Longe dali, o jovem com algumas tranças deitado na cama sorve um pouco da cerveja no gargalo da garrafa. Ele vê sua amiga adentrar pelo cômodo com um cigarro de maconha dizendo:

_ Vai ficar com esse celular ao invés de ficar com todo mundo?

_ Tô teclando com um amigo.

_ Que amigo?

Ele clica na foto, que é ampliada, e responde mostrando para ela:

_ Esse aqui.

_ Hum, gatinho. Mas quem é? Perguntou ela de novo se sentando ao lado dele na cama.

_ Olavo. Tava aqui desabafando comigo. Estudou comigo no Pedro II. Deixa eu dar uma tragada aí?

_ Tá. Concordou ela entregando o cigarro de maconha para ele. O que ele quer?

_ A namorada terminou com ele. Respondeu ele tragando o cigarro. Tá meio mal.

_ Chama ele pra cá.

_ Duvido que ele venha. Contestou ele entregando o cigarro de maconha para ela.

_ Por quê?

_ É caretão demais. Quer ver?

_ Eu corrompo. Disse ela com um sorriso malicioso.

Ele digita e envia a seguinte mensagem pelo aplicativo do celular:

Cara. To numa festa com uns amigos e amigas. Quer vir pra cá esquecer essa "fossa"?

Um minuto se passa. Depois dois. No terceiro minuto chega a seguinte mensagem:

Tá tarde. Deixa pra próxima.

EU QUERO É ME DIVERTIR!

_ Acertei! Comemorou ele sem perceber. Ele não parece ser do nosso jeito.

_ Hum! Interjeio ela demonstrando certa curiosidade. Depois você me conta mais dele.

_ Ele acabou de ficar solteiro. Quer conhecer?

_ Sabe que não dispenso homem, ainda mais gatinho como ele. Respondeu ela esboçando um sorriso.

_ Quer bater papo com ele?

_ Manda pra cá esse celular!

Depois de caminhar quase 10 minutos, Lane abre o portão da garagem e caminha em direção a porta da sala.

_ Oi, filha! Cumprimentou uma mulher loira, acima do peso e fumando na sombra da garagem.

Lane se assusta e diz:

_ Ai, mãe. Que susto.

_ Susto? Perguntou a mulher saindo da sombra. Tá com medo de alguém?

_ Não, por quê?

_ Por nada. Respondeu a mulher tragando o cigarro. Por que chegou agora?

_ Tava no barzinho com o pessoal do trabalho. Respondeu Lane mentindo. Só isso.

_ Entendi. Disse a mulher tragando o cigarro mais uma vez e vendo Lane passar por ela. Olha, seu namorado tá aí.

Lane para e olha para a mulher surpresa, e pergunta:

_ O Rodrigo? Essa hora?

_ Sim.

_ Por quê?

_ Pergunte a ele. Tá aí no sofá.

Lane suspira contrariada e caminha até a sala ouvindo sua mãe dizer que não interferirá na discussão. Ela adentra pela sala e vê um rapaz de roupa social e olhos claros sentado no sofá.

_ Oi, Lane. Cumprimentou o rapaz a vendo retirar o tênis.

_ Oi. Retribuiu ela de forma ríspida e colocando o tênis ao lado do sofá.

_ Onde você estava? Perguntou ele com medo da resposta.

_ Onde eu estava? Devolveu a pergunta ajeitando o quadril e encarando o rapaz. Rodrigo, já passou da meia noite e você está na minha casa ainda.

_ Qual o problema da hora?

_ Já está tarde, Rodrigo. E eu estou cansada.

EU QUERO É ME DIVERTIR!

_ Sua mãe disse que posso dormir aqui.

_ Mas eu não gostaria que você dormisse.

_ Ora, mas por quê? Perguntou ele se levantando surpreso pela rejeição.

_ Por que eu estou cansada. Quero descansar.

Ele suspira sem entender a atitude de Lane, mas resolve sair para o ataque:

_ Independente da hora, gostaria que me falasse onde esteve. Sou seu namorado, te liguei várias vezes e não atendeu nenhuma ligação. Gostaria de saber o porquê.

_ Ok. Se eu falar, você vai embora?

_ Tudo bem. Concordou ele não entendendo a rejeição.

_ Eu estava num bar lá na Lapa com uns amigos do trabalho. Satisfeito?

_ E por que não atendeu o telefone?

_ Por que não ouvi e não achei importante retornar.

_ Não é importante retornar para seu namorado? Sem falar que você não está com cheiro de álcool. Não bebeu, é?

_ Escuta aqui, Rodrigo. Você é meu namorado, mas não o meu dono.

MANOLO DE PIEDADE

Ele a olha surpreso pela resposta e não consegue retrucar. Ela continua:

_ Agora você pode ir? Perguntou ela olhando para a porta da sala.

Mesmo ainda surpreso pelas grosserias, ele se esforça e consegue responder:

_ Ok. Estou indo. Amanhã quando você tiver calma, a gente conversa.

_ Tudo bem. Concordou ela. Amanhã.

Mesmo chateado, ele atravessa a porta da sala e se despede da mulher loira, que observava toda a cena da janela. Ele sai pelo portão da garagem e caminha até o ponto de ônibus.

_ O que foi tudo isso, Lane? Por que tratou o rapaz desse jeito?

Ela não responde e pega o smartphone, e vê uma mensagem que a faz esboçar um sorriso malicioso porque a faz ser tragada para as lembranças agradáveis de algumas horas atrás. A mensagem é:

Adorei o dia de hj, quando vamos repetir? Gostaria de ver a 'Laninha' de novo... rs

_ Heim, o que aconteceu? Perguntou novamente a mulher fazendo Lane voltar a realidade.

EU QUERO É ME DIVERTIR!

_ Nada, mãe!

_ Como nada? Você tratou o rapaz muito mal.

Ela estala a língua e responde enquanto caminha até o quarto:

_ Nada mesmo. Só estou cansada. Amanhã estarei melhor.

Estranho isso, pensou a mulher loira adentrando pela porta da sala e a fechando. Lane deita na cama e pega o smartphone novamente para responder uma mensagem:

Vc vai ver a 'Laninha' em outras oportunidades. Tenha calma para não enjoar... rs

Segundos depois a pessoa envia nova mensagem:

Como posso enjoar de uma 'Laninha' tão bonitinha e carnuda feito a sua?

Lane esboça um sorriso. De repente as imagens da tarde de hoje aparecem em sua mente. Ela esteve com Josué, seu colega de trabalho. Após o término do expediente de trabalho, ambos foram até um motel, que fica quase ao lado da escadaria Selarón, e ficaram ali por horas transando. Apesar de ser gordinho, é bem gostosinho e fode bem, pensou ela sorrindo e lembrando das vezes que chegou ao orgasmo.

MANOLO DE PIEDADE

É um dia como hoje que acontece o baile funk do morro da Serrinha, em Madureira. Jovens da localidade se arrumam para conhecer pessoas, namorar ou se exibir. Infelizmente, existem alguns que vão para brigar ou roubar. Para impedir essas pessoas mais arruaceiras e evitar que a polícia entre e atrapalhe a venda de drogas ilícitas na localidade, o chefe da facção que domina a região, Perneta, exige que vários dos seus seguranças protejam a região. Mais distante, próximo a Avenida Ministro Edgard Romero, grupos de policiais militares também protegem o baile funk de uma possível invasão da facção rival.

A equipe de som que promove o baile toca por 3 horas seguidas para o delírio dos jovens e desespero dos moradores do lugar. A equipe é comandada por Carlos de Lima Dionísio, conhecido como Docinho, que desce do palco e aperta a mão de dois homens portando fuzis.

_ Tudo na tranquilidade? Perguntou Docinho.

_ Tudo na paz, meu parceiro. Respondeu um dos homens.

_ Isso é bom. Concordou Docinho para depois emendar. Sabe onde tá a Tati?

_ Tá lá atrás com o pessoal.

EU QUERO É ME DIVERTIR!

_ Hum. Então vou dar uma passada lá pra ver como ela tá, pode ser?

_ E a música?

_ Tem música pra mais quatro horas naquele pendrive, meu bom!

Os homens esboçam um sorriso e um deles diz:

_ Vai lá na paz que a gente toma conta daqui!

_ Já é!

Docinho caminha pela multidão sendo cumprimentado por várias pessoas e para próximo de uma mulher baixinha de olhos cor de mel, e um casal. A mulher baixinha, ao ver Docinho ali, pergunta:

_ O que tá fazendo aqui?

_ Deixei a música tocando pra te beijar, meu amor. Respondeu ele a abraçando e beijando-lhe os lábios. Só quis vir te ver.

_ Pronto, já viu. Disse ela se afastando dele. Já falei pra deixar de ser grude.

_ Pô, tu sempre me maltrata, heim.

_ Maltrato, mas te amo. E você sabe disso.

_ Sei mesmo. Por isso estou com você.

_ Dá pra deixar dessa melação aí? Perguntou um jovem mulato de cabelos raspados ao lado de uma loira com roupas curtas. Motel é lá embaixo.

_ Fala isso pra ele. Respondeu a mulher de olhos cor de mel.

_ Vou acabar voltando pra lá. Ameaçou Docinho apontando para o palco.

_ Não precisa. Respondeu o jovem mulato.

_ Cara, então você que é o Docinho. Começou a jovem de roupas curtas esboçando um sorriso. Todo mundo fala de você aqui na comunidade.

_ Imagino. Sou muito conhecido mesmo.

_ Até demais. Completou a baixinha de olhos cor de mel.

Para quebrar o mal-estar criado pela baixinha de olhos cor de mel, o jovem mulato pergunta:

_ Docinho, isso aqui vai até que horas?

_ Talvez umas 5 horas da manhã, por quê?

_ O pessoal não reclama?

_ Reclama, mas fazer o quê? Retrucou Docinho dando de ombros. Tem gente que gosta.

De repente eles ouvem o som de uma mensagem chegando ao aplicativo do smartphone. Eles percebem que

EU QUERO É ME DIVERTIR!

o barulho vem do bolso da mulher de olhos cor de mel. Ela pega o smartphone, olha a mensagem e lê:

Foda conseguir dormir assim.

Docinho fecha as feições e pergunta:

_ É aquele babaca de novo?

_ Não fala assim dele! Retrucou a mulher de olhos cor de mel.

Percebendo o inicio de uma confusão, a jovem com roupas curtas e o mulato se afastam para se beijarem.

_ Falo do jeito que eu quiser! Retrucou Docinho.

_ Não fala. Queria que vocês fossem amigos.

_ Amigos? Ele já te comeu!

Ela o fita irada ao ouvir tal afirmação e responde:

_ Claro que não. Se falar assim de novo vou embora.

_ Sozinha?

_ Sim. Ou talvez com qualquer outro homem pra me comer no resto da noite.

_ Para de falar essas coisas!

_ Não paro. Poxa, é o Olavo. Sou amiga dele. E ele tá passando por problemas.

_ Problemas? Por que terminou com a namorada?

_ Ah, Docinho. Já te falei. Ele sempre se deu mal nos relacionamentos. Gosto dele como amigo. Disse ela vendo o rosto de Docinho se enrubescer de raiva. Para contornar a situação ela continua. Você devia conhecê-lo. Ia gostar também. É gente boa.

Depois de alguns segundos, Docinho se acalma e pergunta:

_ Se eu tentar ser amigo dele, você vai começar a fazer mais carinho em mim?

Ela esboça um sorriso malicioso e responde:

_ Claro e onde você quiser.

O celular sob o travesseiro vibra. Olavo está sentado na cama sem conseguir dormir. Ele o pega e abre o aplicativo e lê a mensagem de Tales:

Ainda acordado?

Sim. Respondeu ele. *Ainda rolando a festa por aí?*

Praticamente acabou. Tá todo mundo dormindo.

Hum.

E o que ainda faz acordado?

Sem sono.

Olavo esboça um sorriso após se perguntar: Não bebeu o suficiente? Depois de alguns segundos uma nova mensagem chega:

EU QUERO É ME DIVERTIR!

Quem está falando aqui não é o Tales. Olavo leu a mensagem e pergunta: *Então quem é?*

Uma amiga dele. Meu nome é Melissa.

Hum.

Quis conversar. Vi seu perfil e escolhi vc por acaso.

Eu?

Sim.

Por quê?

Sei lá. Foi por acaso. Te achei gatinho. Leu Olavo esboçando um sorriso e agradecendo: *Obrigado!*

De nada.

Olavo suspira e não sabe se mantém a conversa. A imagem de Deise volta na mente. Ele pensa em ligar para ela só para ouvir o som da voz, mas é impedido por uma nova mensagem.

Tem alguma coisa te incomodando? Se for eu, paro por aqui.

Ele suspira e escreve: *Não é vc.*

Então o que é?

Olavo pensa em não responder à pergunta, mas precisa falar sobre o assunto:

Terminei um namoro.

E tá curtindo uma 'fossa'?

MANOLO DE PIEDADE

Sim.

E pq?

Sei lá. Não tenho vontade de fazer nada.

Não deveria, se vc terminou.

Não terminei, foi ela.

Ah sim.

Ela me largou por um motivo idiota.

Qual o nome dela?

Deise.

E qual foi o motivo idiota para a Deise terminar o namoro?

Eu usei bermuda hoje na Quinta da Boa Vista.

Deixa ver se entendi. Vcs foram passear e ela terminou com vc pq te viu de bermuda? Por isso?

Sim.

Com certeza esse não foi o motivo.

Isso que tá me matando. Digitou ele suspirando. *Acho que ela tem alguém. Foi rápido demais.*

Será que tem mesmo?

Houve momentos que deixei quieta certas situações. Digitou Olavo lembrando da vez que recebeu uma mensagem de Deise perguntando o motivo de ter enviado a mensagem e que era para ter paciência.

EU QUERO É ME DIVERTIR!

Pq deixou?

Não dei importância.

E agora tá assim? rs

Sei, dei mole.

Muito.

Ela deve ter me colocado vários chifres. Fui corno e nem percebi.

Kkkkkkk

Tá rindo?

E não deveria? Vc nem sabe se é corno e tá concluindo isso.

Ms tudo indica que sim.

Tem provas?

Não.

Então vc não é.

Como não?

Vc não tem provas. Poderia ter conseguindo a prova quando estava com ela, ms não fez isso.

Sim.

E agora isso não importa mais.

Claro que importa.

MANOLO DE PIEDADE

Só para satisfazer seu orgulho de macho que levou um pé na bunda? Leu Olavo sem querer responder. *Para com isso, homem. Vc tem que curtir a vida!*

Ms ainda penso nela.

E será que ela pensa em vc? Leu novamente, mas agora não conseguindo responder. *Ela pode estar com outro, sim. E vc aqui duas horas da manhã conversando comigo, uma desconhecida pra vc, que é a melhor coisa que tem para fazer agora.*

Quem é vc para me falar essas coisas?

Aí! Já quer brigar?

Não, só acho estranho vc, que nem minha amiga é escrever essas coisas.

Não sou sua amiga, ms posso ser. Temos um amigo em comum, que amo de paixão. Aliás, ele tá deitado agora no meu colo de tão bêbado que está.

Olavo esboça um sorriso e outra mensagem chega:

Vai que um dia a gente pode ter um caso, sei lá. Vc é gatinho. Adoro homens gatinhos como vc.

Obrigado.

Não quis ofender. Ms me conta. Vc comentou que pode ter culpa para essa Deise ter te largado. Pq?

EU QUERO É ME DIVERTIR!

Não sei. Foi meu segundo relacionamento fracassado.

Segundo?

Sim.

O primeiro terminou mal como?

Do nada a minha ex quis terminar comigo com a desculpa de ficar livre.

Decidiu assim do nada? O que vc fez?

Tá aí, nada. Nos víamos todos os dias. Eu a amava.

Será?

Pq?

Sei lá. Vc é quem tem que responder isso, menino. Quantos anos vc tem?

Vinte e três.

E quantos anos tinha quando essa outra terminou com vc?

Dezoito.

E já sabia o que era amar?

Pq não?

Meu Deus! Vc parece ser muito intenso e ingênuo. Tem q ir com calma.

Calma como?

Sei lá! Não somos ámigos, como vc disse.

MANOLO DE PIEDADE

Hum

E o que mais vc pode ter feito de errado?

Sei lá.

Ressentimento com essa outra, ficou algum?

Olavo demora para digitar e escreve:

Sim. Não falo com ela desde que terminou comigo. Fiquei super mal. Me chamou até de fracassado numa das vezes que tentei voltar.

Putz!

Ela recusou minha investida.

Imagino que vc é do tipo que não gosta de levar um "não".

Exato...

Cara, o papo tá bom. rs. Conta mais sobre vc.

O jovem de cabelos loiros adentra pelo apartamento e puxa a morena de cabelos longos e corpo atlético para dentro e a leva até o quarto. Ele sabe que a mãe está passando o dia na casa da avó em Vila Isabel. Seus nomes são Daniel Antonio, membro da juventude do PCB, e Ana Cardoso, estudante de educação física. Ambos estavam nestas últimas horas em um dos bares localizados atrás do prédio onde mora no Méier esperando Olavo, que não

EU QUERO É ME DIVERTIR!

apareceu e muito menos enviou uma mensagem explicando a ausência.

Mesmo com a ausência decidiram conversar e se conhecer melhor. Daniel não parou de desejar Ana nem por um momento. Teve que se controlar em várias ocasiões, pois chegou a ficar tão excitado que quase ejaculou na bermuda para não fazer vergonha e ser tido como um pervertido sexual.

Ana adorou a erudição demostrada por Daniel. Caras inteligentes são sempre mais interessantes, comenta ela toda vez que é questionada sobre os homens com quem sai. Raros são os de boa aparência. Ela se excita com erudição. Do que adianta a boa aparência se só sabem se exibir para os outros? É outro questionamento que sempre usou. Em uma das ocasiões, confessou para Olavo que conheceu um homem na noite, que era musculoso, forte, bonito, com vasto conhecimento acadêmico na área de direito e rico. Ele a tratou como uma dama e a levou para a suíte mais cara de um motel em São Conrado. Quando adentraram pelo quarto veio a frustração. O rapaz se atrapalhou ao colocar penetrá-la. Depois deste episódio, sua seleção para homens ficou ainda mais criteriosa, Daniel que o diga. Foram quatro horas até fazê-la ficar confortável e interessada em passar a noite na casa dele transando.

Daniel tira a camisa e a coloca contra a parede. Ele coloca ainda mais seu corpo contra o dela e a beija longamente. Suas mãos passam por vários pontos do corpo de Ana enquanto os lábios se tocam. Ela abre a blusa e retira o sutiã. Ele desce os lábios até o pescoço de Ana e sente seu perfume gostoso e suave; e desce ainda mais até parar sobre seus mamilos. Ela não consegue disfarçar o prazer. Ele não os beija como muitos dos homens com quem saiu. Ele suga e suga com força. Isso a deixa muito excitada.

De repente a campainha toca uma vez. Toda duas vezes. Toca mais uma vez. Ela fica incomodada com aquele barulho. Quando toca mais uma vez ela diz com bastante dificuldade por causa da excitação:

_ Lindo. Vai lá atender a porta.

_ Deixa tocar. Respondeu ele descendo os lábios até o abdômen definido de Ana.

De repente alguém soca a porta umas três vezes e grita:

_ Feijão! Eu sei que você está aí.

_ Hum? Interjeio Ana ouvindo novas batidas e o barulho da campainha. Vai lá atender ele, gato.

EU QUERO É ME DIVERTIR!

_ Daqui a pouco para. Tô muito excitado aqui. Retrucou Daniel sendo afastado do corpo de Ana.

_ Mas eu não mais. Respondeu ela se afastando e pegando o sutiã. Vai lá.

Ele a encara por alguns instantes, mas prefere sair do quarto e vai até a porta. Ela encosta a porta do quarto e pensa em Olavo a reprendendo por estar ali. Estranho você não ter aparecido, amigo, pensou ela.

Daniel abre a porta e um sujeito alto, cabelos rapados e de boina adentra mesmo sem ser autorizado.

_ Cara, o que tá fazendo aqui a essa hora, Josef? Perguntou Daniel irritado.

_ O que eu estou fazendo? O sujeito devolve a pergunta retirando a boina e deixando a mostra sua quase calvície precoce. Esqueceu de hoje?

_ Pô, cara. Começou Daniel gesticulando. Não esqueci. É que tenho uma situação aqui dentro.

_ Situação? Perguntou o sujeito olhando para a brecha da porta do quarto de Daniel e vendo uma jovem morena sentada na cama. Ah tá, entendi. Mas pode trazer ela também.

_ Poxa, Josef. Melhor não. É a primeira vez que nós estamos tendo alguma coisa.

_ Isso não importa. Discordou o sujeito caminhando até o quarto de Daniel, mas parando ao ver a jovem morena abrir a porta.

_ É ela? Perguntou o sujeito para Daniel esboçando uma careta sem perceber.

_ Sim. Respondeu Daniel constrangido.

_ Gostosinha! Exclamou o sujeito fazendo careta e emendando ao ver o sorriso de constrangimento de Ana. Com todo o respeito, é claro.

_ Sem problemas. Disse para encerrar o comentário, mas sem se importar tanto já que muitos homens se referem a ela desta forma. Josef é seu nome?

_ Sim. Respondeu Daniel tentando não deixar o sujeito puxar assunto. Ele também é do partido. Aliás toda a família dele é. Por isso, o pai dele botou esse nome. É em homenagem ao Stálin.

_ Stálin? Perguntou ela intrigada.

_ Sim. Respondeu o sujeito. É uma homenagem a Josef Stálin. Um dos grandes líderes do comunismo. Meu nome é Josef Stálin da Silva.

_ Prazer. Disse ela estendendo a mão e vendo o sujeito a beijar, e se afastar para bem próximo de Daniel.

EU QUERO É ME DIVERTIR!

_ Tá comendo uma despolitizada desta vez? Perguntou o sujeito bem próximo do ouvido de Daniel, sem conseguir impedir Ana de ouvir e ficar mais constrangida.

Daniel percebe o constrangimento de Ana, que se encaminha até o quarto, e tenta interferir dizendo:

_ Ei, cara. Calma aí. Tu vem na minha casa e ofende a garota que está comigo?

O sujeito também vai até o quarto e diz:

_ Poxa, desculpa. Não tive intenção de ofender.

_ Mas ofendeu. Respondeu ela pegando uma mochila.

_ Desculpe por ele, Ana. Disse Daniel sentando na cama e segurando a mão de Ana. Não precisa ir embora.

_ Precisa. Retrucou ela soltando a mão de Daniel e se encaminhando até a porta, mas sendo impedida pelo sujeito. O tesão acabou.

_ Mas ele pode voltar. Respondeu o sujeito abrindo os braços e vendo ela ficar indignada.

_ Pode me deixar passar? Perguntou ela ainda ofendida.

_ Não. Respondeu o sujeito.

_ Eu quero passar! Exclamou Ana segurando a irritação.

_ Mas eu não vou deixar! Negou o sujeito a vendo enrubescer. Sabe por que não vou deixar? Porque eu tive culpa. Desculpe, linda morena. Não fiz por mal. Continuou ele se ajoelhando. Acho que é por isso que o Daniel demorou a me atender. Eu sou espontâneo demais. Falo demais sem pensar. Não quis te ofender mesmo.

_ Mas ofendeu. Disse ela fitando a janela aberta.

_ Por isso mesmo peço desculpas e mais uma chance. Continuou ele tentando pegar a mão de Ana. Por favor, peço só mais uma chance. Falei sem pensar, desculpe. Tive uma criação machista e opressora. Daí quando vejo uma mulher, ainda mais linda e perfeita igual a ti, fiquei louco. Confesso também que fiquei cheio de inveja de Daniel.

_ Inveja?

_ Sim. Nunca tive uma mulher assim como você. Respondeu o sujeito mentindo e fitando de relance Daniel esconder o riso.

_ Tudo bem. Respondeu ela vendo o sujeito levantar. Desta vez perdoo. Mas agora diga o porquê de vir aqui?

EU QUERO É ME DIVERTIR!

_ Um cachorro quente de linguiça, por favor. Pediu Lane enquanto afasta o smartphone por alguns segundos e volta a falar com a outra pessoa no smartphone. Para com essa neurose, Rodrigo. Já disse que não estava com ninguém hoje.

_ Impossível, Lane. Retrucou o sujeito do outro lado da linha. Essa história tá muito estranha.

_ Estranha por quê? Por que eu cheguei tarde? O cachorro quente é completo, por favor.

_ Sim! Afirmou o sujeito. E também porque você mudou muito. Você não é a mesma. Está comprando lanche a essa hora?

_ Claro que sou a mesma pessoa, Rodrigo! Afirmou ela não querendo falar a verdade por medo de magoá-lo. Eu gosto de você. Sim, estou. Eu estou com fome, oras!

De repente um sujeito passa ao seu lado e ela o reconhece de imediato.

_ Depois bate a neurose de que está gorda. Comentou o sujeito do outro lado da linha com uma leve risada.

_ Gorda é sua mãe, filho da puta! Irritou-se Lane pegando o cachorro quente. Você sabe que não gosto disso. Ela estala a língua e continua. Vamos fazer o seguinte, vou desligar agora e você vai dormir. Se acalma e amanhã a gente conversa.

De repente o sujeito que ela reconheceu faz alguns instantes volta e a vê desligar o telefone e guardar no bolso da calça, e cumprimenta-la:

_ Oi.

_ Olá. Retribuiu o cumprimento meio que constrangido.

_ Quanto tempo, Olavo. Disse ela logo emendando com uma ironia. Pensei que ia atravessar a rua só para não ficar perto de mim.

_ Não, resolvi parar com isso. Respondeu ele esboçando um sorriso de alivio e constrangimento. Na verdade, minha intenção era só comprar cachorro quente, mas como te vi aqui. Resolvi acabar com isso.

_Entendi.

Ele se afasta alguns centímetros e pede um cachorro quente para o homem loiro com algumas tatuagens no braço. Ele volta a olhar para ela e pergunta:

_ Vamos sentar aqui.

Lane e Olavo foram namorados tem alguns anos. Olavo era completamente apaixonado, mas ela terminou o namoro sem deixar evidente o motivo da separação. Por sua

EU QUERO É ME DIVERTIR!

vez, ele não aceitou bem o fim da relação. Ele se sentiu frustrado por ter investido tempo, paciência e perseverança para conquista-la e perde-la em tão pouco tempo. Como não conseguiu arrancar dela os reais motivos, evitou ao máximo ter contato, pois estava ressentido.

Ambos sentam em cadeiras próximas. Depois de alguns segundos de um silêncio constrangedor ela diz:

_ Então. Como anda sua vida?

_ Bem. Respondeu ele um pouco constrangido. Apesar de desempregado, estou bem.

_ Desempregado?

_ Sim.

_ Isso é chato.

_ Mas tô vivendo de bolsa.

_ Bolsa?

_ Sou cotista da UERJ.

_ Ah sim.

_ Consegui passar logo na primeira tentativa. Ele fez questão de comentar, pois lembrou de uma das brigas que tiveram. Ela insinuou que ele nunca teria capacidade de estudar em uma universidade pública.

MANOLO DE PIEDADE

_ Isso é muito legal! Exclamou ela com um pouco de inveja. Acabou que não consegui passar, fiz faculdade particular mesmo.

Então você nunca conseguiu passar para uma universidade pública. Pensou ele se divertindo com a ironia do destino, pois uma das justificativas que ela deu quando terminou o namoro foi que ela não poderia se relacionar com alguém sem ambição e sem capacidade de conseguir estudar em lugares prestigiados.

_ Apesar das dificuldades, eu tô quase terminando minha faculdade. Comentou ela depois de morder um pedaço do cachorro quente. Não consegui entrar para uma faculdade pública. Tive que pagar uma. Pelo menos consegui entrar para uma particular de prestígio.

_ Entendi.

_ Para pagar a faculdade eu trabalho no telemarketing. Minha mãe me ajuda com uma parte. Mas e você, conta mais da sua vida, tá namorando?

_ Não. Terminei hoje.

_ Tava saturado?

_ Não. Foi ela quem terminou comigo.

_ Poxa, que chato. Disse ela sem saber se pergunta o motivo.

EU QUERO É ME DIVERTIR!

_ Sim, é. Concordou ele suspirando e abaixando a cabeça, e tentando afastar a imagem de Deise da sua cabeça.

_ Sabe, também tô querendo terminar o meu.

_ Por quê?

_ Saturação. Não gosto mais dele.

_ Entendi.

_ Sem falar que tem outro cara.

_ Hum! Exclamou ele fingindo indiferença e pensando, Será que terminou para ficar sozinha de novo?

_ Imagino que você deve estar pensando que no seu caso também havia outro cara. Comentou ela percebendo que acertou, e querendo saber logo o motivo dele estar ali querendo encerrar qualquer tipo de ressentimento.

Ele toma coragem por alguns segundos e pergunta:

_ E havia?

_ Não. Disse ela mentindo por não querer estragar a reconciliação, pois ainda gosta muito do sujeito na sua frente. Não havia ninguém. Eu quis ficar sozinha.

Ele abaixa a cabeça e parece deixar a mente vagar até que volta a si com ela emendando:

_ Queria que você tivesse continuado a ser meu amigo.

_ Como poderia? Eu te desejava!

MANOLO DE PIEDADE

_ Eu sei. Concordou ela dando de ombros. Foi só uma vontade minha. Sempre senti falta da sua companhia.

_ Mas isso para mim não dava e você sabia disso. Retrucou ele levantando para pegar o cachorro quente e pedindo um refrigerante.

_ Eu sei. Sei que fui egoísta. Disse ela se sentindo triste. Mas sentia falta de você, da sua presença. Sei que fui escrota contigo.

Ele suspira e sente um certo alívio com as palavras que acabou de ouvir, e comenta:

_ Eu também posso ter sido insuportável com você.

_ Não, você não era.

_ Era sim.

_ Você é uma pessoa ótima. Por que pensar dessa maneira?

_ Lane, desejei te namorar por quase dois anos. Quando consegui você terminou comigo em menos de dois meses. Fiquei um tempo sem ninguém. Quando consegui voltar a namorar, fui largado novamente depois de sete meses. Fui largado duas vezes. Você ou minha ex podem ter errado comigo, mas nada disso pode me isentar de culpa. Eu posso ter errado em alguma coisa.

EU QUERO É ME DIVERTIR!

_ Hum! Interjeio ela mordendo novamente o cachorro quente e continuando a ouvir. Você é ótimo, Olavo.

_ Um ótimo que ninguém quer? Aliás, acho que meu jeito grudento me prejudicou. Terminou ele levantando e pegando o cachorro quente.

O smartphone de Lane vibra e ela o pega da bolsa, e vê é uma mensagem de Rodrigo. Ela se sente incomodada, levanta e pergunta:

_ Vamos indo?

O sujeito estranha, mas concorda e pergunta:

_ Aconteceu alguma coisa?

_ Não, nada. Respondeu ela mentindo.

Ambos caminham pela rua pouco movimentada de carros naquela madrugada. Não vou ficar abalada com o Rodrigo, pensou ela fitando de relance o sujeito. Ela pensa em voltar a puxar assunto, mas se sente relutante. Ele, percebendo, pergunta:

_ Então você tá saturada com seu namoro e arranjou outro?

_ Pior que é. Mas não queria magoar o Rodrigo. Mas não é exatamente um namoro.

_ Rodrigo? Não é namoro?

MANOLO DE PIEDADE

_ Sim, meu namorado. Ele é gente boa. Mas esse outro cara não é exatamente um namoro.

O sujeito pensa em querer questioná-la para saber se é a traição, mas acha melhor não fazer isso. Ela continua:

_ Meu namoro com o Rodrigo já acabou. Não tem mais nada de novo.

_ Entendi.

_ Mulher é um ser complicado. Comentou ela esboçando um sorriso.

_ Pior que eu sei disso.

_ E sua ex também é complicada?

_ Complicada demais.

_ Brigavam muito?

_ Nesses últimos meses sim.

_ Eu também. Brigávamos por tudo, menos sexo.

Ele se sente constrangido com o comentário, mas disfarça e pensa, Isso é coisa para se falar para um ex-namorado?

_ Sabe, perdi a virgindade com ele. Comentou ela olhando para os lados e fazendo um sinal para atravessarem a rua.

_ Hum. Interjeio ele a obedecendo.

EU QUERO É ME DIVERTIR!

_ Sentia necessidade de experimentar. Continuou ela. Você sabe. Com você também sentia, mas conseguia me controlar. Eu era outra pessoa. Me arrependo de não ter perdido com você.

Ele esboça um sorriso constrangedor que desta vez não consegue disfarçar.

_ Desculpa, Olavo. Eu era doida pra experimentar seu pau, mas não tinha coragem. Eu mudei nesse meio tempo.

_ Deu para perceber.

_ E a sua ex, também era boa de cama?

_ Insaciável. Brigávamos por isso.

_ Não dava conta?

_ Até dava. O problema é que ela só queria transar sem preservativos.

_ E você, não?

_ Não. Sou muito neurótico com isso.

_ Transar sem camisinha é bom. A sensação é diferente.

_ Hum.

_ Mas sei a importância da camisinha, tá?

_ Acredito.

_ Só é certo eu exigir a camisinha quando faço anal.

MANOLO DE PIEDADE

Ele dá uma pequena gargalhada para disfarçar o constrangimento e é acompanhado por ela. De repente ambos param em uma esquina e começam a se olhar, mas sem trocar uma palavra. Um sentimento de alegria e satisfação toma conta dos dois.

_ Senti muito a sua falta, Lane. Disse ele arrancando um sorriso do rosto dela.

_ Eu também senti a sua. Muita mesmo.

_ Bem, tenho que ir. Disse ele sem perceber que ficou rubro de vergonha.

_ Eu também. Comentou ela adorando ter ouvido as próprias palavras e a reação dele. Ela adoraria abraça-lo e beija-lo no rosto, mas se contém.

Ele olha para a continuação da rua e recomeça.

_ Sempre estranhei uma coisa.

_ O quê?

_ Você mora na rua paralela a minha e nesses quatro anos que não nos falamos, nos esbarramos apenas quatro vezes.

_ Verdade. Será que vamos nos encontrar mais?

_ Por mim, sim.

_ Promete que não vai mais atravessar a rua quando me ver?

EU QUERO É ME DIVERTIR!

_ Prometo.

_ Espero. Não quero mais sentir sua falta, Olavo. É sincero.

Ele gostaria de dizer o mesmo, mas prefere não fazer isso. Ele olha, constrangido, para baixo rapidinho e diz:

_ Tenho que ir.

_ Tudo bem. Eu também. Tem Whatsapp, Facebook ou Instagram?

_ Tenho.

_ Passa para não perdermos mais contato.

Eles trocam contatos das suas redes sociais e se despedem com um beijo no rosto, mas evitando se abraçarem.

_ Tenho que ir. Disse ela se afastando.

_ Tudo bem.

Ele observa Lane caminhar pela rua até desaparecer entre as árvores. Ele suspira e retira o smartphone do bolso, e disca alguns números. Ele coloca o smartphone próximo do ouvido enquanto ouve um som. De repente uma mulher do outro lado da linha atende. É Deise. Ele não emite sons. Então ela diz:

_ Por favor, Olavo. São três horas da manhã e eu estava dormindo. Para de me ligar.

MANOLO DE PIEDADE

CAPÍTULO 2 – O FIM DA RELAÇÃO E UMA NOVA EXPERIÊNCIA

Tales abre os olhos e sente uma enorme dor de cabeça, e mal consegue enxergar. Ele tateia o lençol da cama encharcado de suor até conseguir achar os óculos. Dor de cabeça e enjoo. Nunca mais quero isso. Prometeu para si mesmo, mas sabendo que não vai cumprir.

Ele coloca os óculos e se levanta. De repente, percebe que ainda está de calça jeans e o blusão da festa de ontem, e que ainda está na casa da aniversariante. Meio cambaleante, e com muito calor, sai do quarto e caminha até a cozinha onde encontra Melissa e Rafaela preparando brigadeiro de micro-ondas.

_ Finalmente acordou, Telk. Disse Melissa provando a massa do brigadeiro.

_ Sim. Concordou Tales olhando para o relógio, que marca onze e quarenta da manhã. E com uma baita ressaca.

_ Também você misturou cerveja, vinho e maconha. Continuou Melissa colocando a colher na panela e fitando de relance o sorriso de Rafaela.

EU QUERO É ME DIVERTIR!

_ Eu sei que exagerei. Concordou Tales novamente sentando na banqueta próximo delas.

Rafaela se afasta alguns passos, pega o controle remoto e acessa um canal culinário no YouTube pela televisão.

_ Pra quê isso? Perguntou Tales surpreso.

_ Estou com dúvidas. Respondeu Rafaela. Acho que errei algo.

_ Você sempre foi boa na cozinha, amiga. Comentou Melissa vendo o sorriso crescer no rosto tímido de Rafaela.

_ Conversou com o Olavo ontem? Perguntou Tales para Melissa.

_ Olavo? Aquele teu amigo, sim. Confirmou Melissa esboçando um sorriso malicioso. Te falei que não dispenso homem gatinho.

_ Quem é Olavo? Perguntou Rafaela tentando se intrometer no assunto.

_ É um amigo que reencontrei tem uns quatro meses. Mas ele é gatinho mesmo. Concordou Tales. Mas já foi melhor. Tinha que ver na época do colégio.

_ É? Perguntou Melissa curiosa.

_ Mas acho que não faz seu tipo. Comentou Tales. Ele é sem graça, todo certinho.

_ Percebi pela conversa ontem. Concordou Melissa emendando com um gesto de que está fazendo masturbação em um homem. Mas isso não significa que eu não posso tatear aquela carne, deixar ele safado.

Tales sorri enquanto se levanta e se serve de um copo de café. Rafaela se manifesta:

_ O Hugo virá aqui mais tarde para estudar.

_ Aqui? Perguntou Tales surpreso e disfarçando o ciúme. Por quê?

_ Para estudar com você. Respondeu Rafaela sendo observada por Melissa. As provas estão chegando e ele precisa estudar. E como suas notas são boas nas aulas do Orlando eu disse que você iria ajudá-lo.

_ Hugo é o cara que muita menina é doida pra experimentar. Comentou Melissa e emendando, Vê se não vai comer ou dar o cu pra ele, tá?

_ Para de sacanagem. Protestou Tales fingindo irritação pelo comentário e pelo sorriso das duas. Vocês sabem que não gosto de homens.

_ Se vocês se pegarem aqui vai ser um tremendo desperdício de homem. Comentou Rafaela ainda sorrindo.

EU QUERO É ME DIVERTIR!

Tales se levanta fingindo uma falsa irritação e diz, depois de dar um leve beijo nos lábios de Rafaela:

_ Vou tomar um banho.

_ O banho é com a intenção de ficar cheiroso para o Hugo? Perguntou Melissa também depois de ter os lábios tocados por Tales. Ou vai só bater uma punheta também pensando no Hugo?

_ Vai conversar com o sem graça do Olavo! Ordenou Tales saindo da cozinha e ainda ouvindo os risos de sarcasmo das duas.

_ Ele deve estar dormindo agora. Comentou Melissa abraçando Rafaela.

Depois de sair do banheiro, Ana veste a calça preta de lycra e o top, coloca uma toalha na mochila e pega o celular. De repente ela vê uma mensagem de Olavo no aplicativo e pensa, Filho da mãe! Me deixou sozinha ontem com aqueles escrotos. Ela acessa o aplicativo e lê a mensagem: *Desculpa por não ter ido*. Desculpa? Pensou ela. Tive que aturar aquele pessoal quase a madrugada toda. Ela hesita em responder, mas não se contém e escreve: *Seu filho da mãe. Poderia ter dado uma satisfação*. Ela joga o celular sobre a cama, mas ele vibra logo em sequência. Ela o pega de novo e vê que é uma nova mensagem de Olavo.

Desculpa. Estava muito mal. Não queria falar com ninguém.

Pq? Enviou ela enquanto senta na cama.

Ele comenta através de mensagens sobre o término do seu namoro, que a faz pensar, Ele é gente boa, mas não enxerga um palmo na frente do nariz. Ela volta a escrever e envia a seguinte mensagem: *Será q não tem volta dessa vez?*

Adoraria. Respondeu Olavo.

Não fica assim, amigo.

Como posso ficar?

Não sei. Só fico sem jeito pq gosto de ti, amigo, apesar de vacilar às vezes.

Não sei o q fazer.

Vc precisa sair.

Pra onde?

Não sei.

Fala com alguém pra sair com vc.

Quem?

Fazer coisas q tu gosta, amigo.

Aí q tá o problema. Não quero fazer coisas q gosto.

EU QUERO É ME DIVERTIR!

Pq isso?

Tô de saco cheio de mim. Quero mudar.

Mudar?

Sim. Mudar.

Ms as pessoas tem q te aceitar do seu jeito.

Não dá, Ana. Tô começando a acreditar que o problema sou eu.

T entendo, ms vc tá esquecendo q me deixou na merda ontem.

Com o Daniel, verdade. O q ele aprontou?

No começo nada. Foi até ótimo. O problema foi aquele Josef.

O que aprontou?

Mesmo cheia de sono, Lane está sentada no ônibus a caminho do centro da cidade trocando mensagens pelo aplicativo do celular com suas amigas da época do ensino médio, Melanie e Dandara, no grupo "Amigas Eternas".

Sério q o Olavo voltou a falar com vc? Escreveu Melanie.

Sim, nem acreditei. Digitou Lane e continuou. *Ele disse q quer mudar.*

Mudar pq? Perguntou Dandara.

MANOLO DE PIEDADE

Não sei. Respondeu Lane com um emoji de um bonequinho dando de ombros.

Curioso isso. Comentou Dandara.

Será q ele vai ficar no seu pé de novo? Perguntou Melanie.

Espero q não. Comentou Lane.

Ah, ms lembro muito bem q vc adorava aquela devoção toda. Também comentou Melanie. *Lembro muito bem q ele investia pesado pra ficar com vc.*

Claro que eu adorava. Concordou Lane. *Até parece que vcs não iam gostar de um cara bonito aos seus pés.*

Lógico. Mas vc exagerava com ele. Disse Dandara.

Ah, nem tanto. Discordou Lane esboçando um sorriso de saudade e satisfação ao lembrar das vezes em que Olavo se despencou de lugares totalmente distantes só para estar perto dela.

Mudando de assunto, resolveu seu problema com o Rodrigo? Perguntou Melanie.

Ainda não. Digitou Lane dando um suspiro de preocupação.

Meu Deus, amiga. Vai ficar sacaneando ele? Perguntou Dandara.

Claro q não. Digitou Lane.

EU QUERO É ME DIVERTIR!

Então pq ainda tá com os dois? Perguntou Melanie.

Pq tb gosto dele. Respondeu Lane.

Ms vc tá saindo com o tal de Josué. Comentou Melanie.

Ou vc quer ficar com os dois? Perguntou Dandara completando com imagens de bolinhas sorridentes.

Josué é casado. Respondeu Lane esboçando novo sorriso. *Com ele é só sexo.*

E com o Olavo vai ser o q? Perguntou Melanie com bolinhas com sorriso malicioso.

Ah, gente! Do jeito q vcs falam até parece q eu sou uma tarada. rs. Digitou Lane com um sorriso no rosto.

Tarada, não. Ms adora ser paparicada. Enviou Dandara.

Isso é verdade, Lane. Concordou Melanie.

Ah, gente. Até parece q vcs não gostam de ser paparicadas. Comentou Lane.

Quem não gosta? Enviou Dandara.

A diferença é q vc teve sorte. Comentou Melanie.

Claro. Minha mãe fez meu corpinho perfeito. Digitou Lane sem perceber que está sendo observada por dois homens no banco ao lado.

MANOLO DE PIEDADE

Cara, vc me ferrou. Aquele Josef insistiu pra gente ir com ele e mais dois caras pra praia. Fumaram maconha o tempo todo. To com cheiro de maconha até agora. Digitou Ana no aplicativo do celular.

Poxa, desculpe. Pediu Olavo sem ouvir uma resposta de Ana.

Olavo sabe como é a personalidade de Daniel. Ambos se conheceram tem uns três anos quando fizeram um curso juntos. Daniel era do tipo que não se importava tanto em fazer provas de seleção, pois sempre considerou algo elitista e excludente. Para ele, o acesso ao ensino superior deveria ser universal e gratuito, e com ele isso aconteceria de forma natural, sem muito esforço próprio. Já Olavo era compenetrado e exigente consigo mesmo. Apesar de concordar com Daniel em relação à visão existente na sociedade brasileira sobre o ensino superior, sabe que se submeter as regras é a única forma de conseguir estudar em uma universidade.

Daniel, apesar de ser companheiro e solícito em alguns momentos, tinha um grave defeito em relação as mulheres: é incisivo e questionador demais. Questiona tudo. Um amigo sempre comenta esse lado de Daniel e cita como exemplo um interrogatório que fez a uma jovem por

EU QUERO É ME DIVERTIR!

ela ter esbarrado no copo ao lado de sua cama sem ele perceber. Quando quer sua vontade realizada, costuma insistir de forma grosseira com as mulheres com quem sai até elas cederem ou ir embora. O problema é que Olavo não contou sobre isso a Ana. Ele sabe que se contasse, Ana desistiria de Daniel.

Vou tentar consertar isso com o Daniel. Digitou para Ana a deixando assustada. *Claro q vc não fará isso!* Afirmou ela.

Ele não é tão mal, Ana. É o namorado q vc precisa. Digitou Olavo sem saber que Ana riu muito e pensa, É muito fofo, mas quem escolhe quem vai ser meu namorado, sou eu. Ela até pensa em responder mas desiste. Sabe que Olavo não faz isso para controlá-la. Ele é um irmão que gostaria de ter tido.

Lavinho, o papo tá bom, ms preciso ir pra academia. Digitou ela no aplicativo, levantando da cama e pegando a mochila. *Vê se sai um pouco pra evitar de pensar na Deise.*

Vou tentar. Enviou Olavo e percebendo que acabou de chegar uma mensagem de Tati. Ele sai da janela da conversa com Ana e entra no perfil de Tati, e lê a mensagem: *Tenho ingresso para o show do Sorriso Maroto no Melo da Vila da Penha. Tá afim?*

Show de pagode? Perguntou-se indignado deixando o smartphone ao seu lado e ligando a televisão. Ela sabe que odeio pagode, porra! Pensou.

Sandra sai da sala e caminha pelos corredores do campus da Uerj em direção a biblioteca. No caminho ela esbarra com Loyse, que vem no sentido oposto, aparentemente vindo da sala de sua orientadora, a professora Stefanie Carla. Sandra até pensa em fingir que não a viu, mas não consegue porque Loyse a chama no exato momento que ia abrir a porta.

_ Oi? Perguntou Sandra com a porta aberta e vendo Loyse colocar a mochila na mureta da rampa entre os prédios B e C.

_ Não é nada demais, Sandra. Manifestou-se rápido tirando um tablet da mochila. Só queria saber o que a vovó Mafalda deu hoje na aula.

Sandra fecha a porta, se aproxima de Loyse e comenta:

_ Nada demais. Ela trabalhou aquele texto de novo.

_ Então não perdi nada.

EU QUERO É ME DIVERTIR!

_ Exato. Mas você sabe que temos um seminário para semana que vem.

_ Eu sei. Estarei preparada a tempo.

_ Tem certeza?

_ Tenho. Respondeu Loyse guardando o tablet. Eu me garanto. Sem falar que não sou o Olavo.

_ Não fala assim dele. Protestou Sandra. Você sabe que ele tem problemas pessoais.

_ Mas semestre passado ele deixou a gente na mão durante a apresentação do seminário da Ana Paula, lembra?

_ Só que ele não tinha dinheiro para vir. Contestou Sandra mentindo, pois sabe que Olavo faltou porque não aguentou a pressão do final de semestre da faculdade.

_ Isso é o que ele diz. Comentou Loyse colocando a mochila nos ombros e já querendo se afastar. Ah, Sandra. Todo mundo sabe que você é apaixonada por ele, ok?

_ Você sabe que isso é mentira. Contestou Sandra se irritada com o comentário. Ele é como meu irmão. Todo mundo sabe disso.

_ Todo mundo sabe, mas todo mundo comenta que vocês se pegam fora daqui.

_ Todo mundo também diz que você é uma puxa-saco da professora Stefanie. Disse Sandra vendo Loyse se irritar. Todo mundo também diz que esse "puxa-saquismo" é só para ela te dar uma bolsa de pesquisa.

_ Eu não ligo para o que dizem sobre a minha pessoa. Comentou Loyse e já querendo mudar de assunto, pois sabe que este último comentário é verdade. Em falar nisso, ele faltou hoje de novo?

_ Faltou. Mas ele deve vir para a aula da noite.

_ Ele não quer nada mesmo.

_ Para de julgar os outros. Contestou Sandra novamente. A gente não sabe o que tá passando com ele. Ele tá desempregado e sem bolsa de estudos.

_ Bolsa não é salário.

_ Mas ajuda quem precisa pagar passagem nos ônibus, lanchar na faculdade para ficar aqui o dia todo.

_ Ele mora onde?

_ Itacoatiara. Respondeu Sandra mentindo.

_ Niterói? Longe mesmo.

_ Enfim. É a vida. Admito que é um sujeito esquisito, mas é um guerreiro.

_ Isso é verdade. Sandra, tenho que ir.

_ Tudo bem. Concordou Sandra contente por se livrar de Loyse.

EU QUERO É ME DIVERTIR!

_ Nos vemos depois. Despediu-se Loyse se afastando rapidamente e pensando, Gorda escrota.

Acabou que Lane nem conseguiu trabalhar no dia de hoje. Durante o trajeto até a empresa, sua mochila e celular foram tomados por dois homens que desceram no ponto da estação de trem da Leopoldina.

Mesmo com as perdas resolveu seguir viagem até o trabalho e conversar com o supervisor, que a dispensou pelo dia de hoje. Ainda bem que ele é meu super chefe, pensou ela várias vezes.

Para ir embora e passar na delegacia para fazer o boletim de ocorrência ela ligou para sua mãe e contou todo o ocorrido. Como ela estava no trabalho e seu padrasto trabalhando, pediu para Rodrigo ir busca-la e comprar um telefone novo.

Apesar do trânsito, Rodrigo conseguiu chegar bem rápido na porta da empresa, localizada em frente ao Passeio Público, mas Lane demorou a descer. Quando chegou, mostrou forte irritação por vê-lo, ao invés de carinho e segurança por estar próximo do namorado.

Ambos foram até o Norte Shopping e Lane pode comprar seu smartphone novo. Porém, a atendente da loja da operadora informou que teria de esperar algumas horas até o número do smartphone roubado pudesse ser habilitado no novo aparelho. Mesmo contrariada, concordou.

Quando saíram da loja, Rodrigo sugeriu ir lanchar, mas Lane recusou e quis ir logo para casa. Ele estranhou tal fato porque Lane nunca recusou os lanches do Mc Donald's. Para contornar o mal estar, ela se defendeu dizendo que estava nervosa pelo assalto e gostaria de ficar em casa e deixar para fazer o boletim de ocorrência pela internet. Saíram do shopping e passaram o trajeto todo sem conversar.

Rodrigo estaciona o carro na frente do portão da casa de Lane e observa alguns garotos brincando de pipa mais abaixo da rua. Olha para o céu ainda quente da metade da tarde e pergunta:

_ Até quando vai continuar me tratando assim?

_ Hum? Perguntou ela virando o rosto, mas sem demonstrar sentimentos.

_ Perguntei até quando você vai continuar me tratando com indiferença.

_ Que indiferença, Rodrigo? Tô te tratando normal, só isso.

_Normal?

EU QUERO É ME DIVERTIR!

_ Sim, normal.

_ Ah, para, Lane! Exclamou ele dando um tapa no volante. Não sou idiota. Tem alguma coisa que você não quer me contar.

Lane suspira e pega o smartphone da bolsa, e diz:

_ Rodrigo, hoje fui assaltada. Preciso só de um tempo. Hoje estou nervosa.

_ Nervosa?

_ Sim, fui assaltada. Respondeu ela abrindo a caixa do smartphone. Não acredita?

_ Para, Lane.

_ Se não acredita, não posso fazer nada. Melhor, podemos sim. Vamos procurar os dois caras que me roubaram. Pegaram o ônibus no ponto em frente ao Nova América e saltaram na Leopoldina.

_ Para, Lane!

_ Parar o quê, Rodrigo? Estou parada.

_ Pare de deboche, por favor.

_ Então pare de neurose.

_ Não é neurose. Sei quando não estou agradando.

_ Se sabe, por que ainda está aqui?

_ Como assim?

MANOLO DE PIEDADE

_ Por que ainda está aqui? Perguntou Lane fitando o rosto de Rodrigo se enrubescer de raiva:

_ Foi sua mãe. Respondeu Rodrigo depois de um suspiro. Sua mãe me pediu para te pegar no trabalho porque você foi assaltada. Eu estava no meu trabalho. Deixei ele para te socorrer e te levar para você comprar um celular novo. Mas como você não soube retribuir essa gentileza, sinto muito.

_ Tudo bem, ofendidinho. Respondeu Lane cheia de ironia. Desculpe e muito obrigada por ter ido comprar meu celular novo.

O fato de suspirar faz Rodrigo se acalmar, mas não esquecer os deboches e ironias que está ouvindo de Lane que, ainda demonstrando indiferença, liga o smartphone e o coloca na bolsa até terminar de carregar todos os aplicativos.

_ Queria saber porque você veio comigo se não me trata mais bem. Comentou ele fitando os pedais do carro e evitando olhar para Lane. Sei que você passou por um assalto hoje, mas eu não queria mais adiar isso. Quero entender o que está acontecendo.

EU QUERO É ME DIVERTIR!

_ Rodrigo, para com isso. Não está acontecendo nada. Gosto de você. Aceitei vir com você até em casa porque é meu namorado.

_ Não parece.

_ Você acha que tenho outro? Perguntou ela com um sorriso sarcástico.

_ Tem?

_ Esse "tem" foi no singular ou plural? Retrucou ela com uma nova pergunta sarcástica.

_ Como vou saber.

_ Você acha mesmo que posso ter outro ou outros?

_ Te conhecendo como conheço não acreditaria, mas do jeito que você me trata nessas últimas semanas me da o direito de pensar nisso.

_ Para de insistir nisso, Rodrigo! Protestou ela pegando o rosto dele e beijando-lhe os lábios. Eu gosto de você menino.

Ela o solta e percebe que o mesmo a olha fixamente nos olhos. Ele hesita por alguns segundos, mas sede:

_ Seja sincera, você ainda tem alguém?

Ela devolve o olhar fixo, mas desvia para o celular. Ela suspira, toma coragem e responde mentindo:

_ Não tenho ninguém.

_ Então por que me trata com indiferença?

_ Por que eu quero terminar nosso namoro.

Rodrigo ouve o que não queria. Apesar de ter insistido nessa questão, sempre torceu para que Lane ainda o visse como namorado, amigo, confidente e futuro marido. Seu objetivo era o de fazer Lane reconsiderar a forma que estava tratando-o. Sempre conversaram sobre onde seria o casamento, onde morariam e quantos filhos teriam. Agora, para sua surpresa, nada disso acontecerá. O que posso fazer? Pensou sem achar uma resposta racional. Obrigar Lane a continuar o namoro?

Lane, ao perceber a falta de reação de Rodrigo, pergunta:

_ Você tá bem?

Ele não responde e ela insiste na pergunta, mas apertando seu braço de leve:

_ Você tá bem, Rodrigo?

_ Hã? Perguntou ele voltando a realidade.

_ Rodrigo, eu já disse o que quero e porque estou assim. Disse ela abrindo a porta do carro. Estou indo.

_ Como assim está indo? Perguntou ele a segurando pelo braço.

EU QUERO É ME DIVERTIR!

_ Rodrigo, para! Pediu ela tentando se soltar dele. Quero ir para casa.

_ Então explique o porquê de não querer mais ser minha namorada?

_ Porque acabou. Respondeu ela conseguindo se soltar.

_ Mas eu te amo.

Ela fecha a porta do carro, suspira e responde sem a intenção de ofendê-lo:

_ Mas eu descobri que não te amo.

Essas palavras foram como se tivesse levado um soco no estômago. Sentiu vontade de vomitar naquele instante, mas se segurou. Ela encosta na janela do carro e diz abrindo um sorriso de compaixão:

_ O fato de terminar não nos transforma em inimigos, Rodrigo. Podemos se amigos.

_ Amigos? Perguntou ele com um sorriso sarcástico, mas a soltando e explodindo. Ah, vá para casa, melhor, vá se foder!

_ Poxa, Rodrigo. Que grosseria.

_ Lane, vá se foder e tire a mão da janela do meu carro.

_ Rodrigo, para com isso.

_ Já falei para você tirar a mão da janela. Disse ele gostando de a ver se amedrontar e obedecer. Você terminou comigo. Vou para casa tentar esfriar a cabeça.

_ Não vá fazer nenhuma besteira, por favor. Pediu ela vendo ele ligar o carro e se afastar.

De repente ela vê que chega uma mensagem no aplicativo de mensagem. Quando abre o aplicativo e percebe que é de Olavo, esboça um sorriso misto de carinho e satisfação.

Tales teve que esperar duas horas até Hugo chegar. Ficou no sofá da sala de Rafaela assistindo séries pelo serviço de streaming. Quando Hugo chegou, Melissa já tinha ido para o trabalho e Rafaela estava dormindo no quarto.

A casa de Rafaela é grande e aberta. Muitas das paredes são vidros blindados e o sofá da sala é um buraco no chão totalmente modelado, acolchoado e enfeitado. Hugo não nunca deixou de notar esses detalhes e pensar, Queria ter pais ricos também.

Tales e Hugo se cumprimentam bastante constrangidos, mas se soltam após a primeira hora de estudos e algumas garrafas de cerveja. Leem dois textos e

EU QUERO É ME DIVERTIR!

treinam desenhos nesse tempo. Por várias vezes Tales fitou o peitoral definido e a barba rala de Hugo. Tentou afastar o forte desejo sexual que tomava conta do seu corpo em vários momentos, mas ficou surpreso por perceber que o outro homem não parecia se constranger com os olhares lascivos que lançava, pois parecia gostar. Coisa estranha, pensou. Será que é viado? Não pode ser, ele pega mulheres!

Tales nunca teve experiências homossexuais. Todas foram com mulheres e a maioria foram com suas amigas. Rafaela é um exemplo. Uma vez foram pegos pelos pais dela transando na cozinha. Com Melissa, Tales apenas trocou alguns beijos em uma das noitadas em que estiveram nos bares da Lapa.

Sempre sentiu vontade de ter alguma experiência sexual com homens, mas sempre faltou coragem. Sentia medo da opinião das pessoas. Tinha medo de solidão que o preconceito poderia causar na sua vida. Não queria que as pessoas se afastassem. No entanto, naquele momento estava difícil segurar a vontade de tocar no corpo de Hugo.

_ Será que consegue tirar uma boa nota amanhã? Perguntou Tales tentando controlar seus pensamentos libidinosos.

_ Acredito que sim. Respondeu Hugo esboçando um sorriso. Agora tá até fácil. Aquele merda do professor Orlando que não explica direito.

_ Isso é verdade. Concordou Tales. Aquele merda de professor é soberbo e marrento.

_ Bem que você poderia ser monitor dele.

_ Já estagio.

_ Mas seu contrato está para acabar?

_ Sim.

_ Aí.

_ Quê?

_ Procura ele. Vai que ele te oferece uma bolsa de iniciação científica.

_ Orlando oferecer bolsa? Perguntou Tales soltando uma gargalhada. Duvido.

_ Tenta, Tales.

_ Orlando é um filho da puta escroto.

_ Não custa nada pensar se você se da bem na matéria dele.

_ Tá, vou pensar nisso.

_ Hum.

EU QUERO É ME DIVERTIR!

Tales relaxa ao deitar no sofá. Será que sou viado? Pensou após voltar a imaginar o corpo desnudo do jovem próximo dele .

_ Tales. Chamou Hugo.

_ Oi.

_ Vê se o desenho está melhor agora. Disse Hugo levantando a folha de papel e segurando na mão de Tales.

_ Não, não está. Respondeu ele levantando e se aproximando de Hugo. Deixa eu te mostrar.

Hugo percebe o pênis de Tales crescendo quando ele pega sua mão e a guia pela folha de papel. Sem querer, sorri e Tales percebe, que fica envergonhado.

_ Tá bem grande, heim.

_ O quê? Perguntou Tales fingindo não saber do que se trata.

_ Não precisa se envergonhar, cara.

_ Hã?

_ Sim, não precisa.

_ Mas a gente. Começou Tales sem conseguiu terminar a frase porque Hugo pega seu rosto e lhe beija longamente nos lábios. O beijo demora quase dez segundos até que Tales afasta o rosto assustado.

Eles se fitam por alguns segundos e Tales não consegue entender a cena que acabou de participar. Esse cara é conhecido por ser mulherengo! Pensou. Por que tá querendo isso? De repente passa pela memória de Tales que também não tem relacionamentos sérios e transa com mulheres igual ao jovem na sua frente, mas nunca teve coragem de ter uma experiência homossexual.

Tales só consegue pensar no quanto de tesão está sentindo e toma coragem. Ele pega a cabeça de Hugo e o beija nos lábios longamente por alguns segundos, até que o outro assume o comando e desce pelo pescoço de Tales explorando cada lugar com a língua e os dentes.

Se eu fosse vc, iria nesse show. Digitou e enviou a mensagem para Olavo.

Ms ñ gosto d pagode. Respondeu ele de volta.

Ms vc precisa sair de casa, menino. Replicou ela.

Para um show de pagode?

Sim. Aproveite a oportunidade dessa sua amiga.

Depois de alguns segundos, chega uma nova mensagem de Olavo: *Tudo bem, vou tentar me 'divertir'.*

Aproveite.

Vou tentar.

EU QUERO É ME DIVERTIR!

Te contei, vou precisar de coisas assim tb.

Ms no seu caso, vc q terminou.

Posso ter uma recaída, oras.

Rs

A mãe de Lane adentra pelo quarto e pergunta:

_ Por que você terminou com o Rodrigo?

_ Como a senhora sabe? Perguntou Lane surpresa.

_ Ele me ligou e contou tudo.

_ Ah, mãe.

_ Poxa, Lane. O Rodrigo é um cara bom, tá com você tem uns quatro anos e sempre bancou seus gastos.

_ Mas eu não gosto mais dele e não sou puta, ok?

_ Não use palavras assim comigo.

_ Ok, desculpe.

_ Mas o que aconteceu por fazer gosta mais dele?

_ Tô saturada. Respondeu Lane não querendo entrar em detalhes com a mãe porque sabe que se contar a verdade vai ser duramente repreendida. Cansei de ser a bonequinha dele.

_ Mas você deveria avaliar outros fatores. Ele sempre fez tudo por você.

_ Eu não sou interesseira e nem puta.

_ Lane!

_ Desculpe, mãe, mas quero um homem que eu goste de verdade.

_ Você não sabe nada da vida.

_ E a senhora sabe? Perguntou Lane encarando a própria mãe. A senhora já teve vários relacionamentos, tem dois filhos com dois caras diferentes. Acredito que pode me entender nisso.

_ Sim, tive vários relacionamentos. Deixei homens bons para trás e disso me arrependo.

_ E você tá contra o fim do meu relacionamento com o Rodrigo?

_ Sim, estou. Ele é um bom garoto, te ama, é de família rica e faz tudo por você.

_ Mas eu não quero pertencer a ele por isso, quero ser livre.

_ Lane, só não quero que você se arrependa de ter deixando um homem bom, e que te ama, para trás.

Rafaela abre os olhos e percebe que ainda está deitada na cama. Olha pela parede de vidro do seu quarto no segundo andar e fita o céu escurecendo. Sonho estranho, pensou. Ela sonhou que estava em aula e recebe a notícia da morte dos pais em um acidente aéreo. Apesar de serem um

EU QUERO É ME DIVERTIR!

bando de desgraçados, sinto falta deles. Disse para si mesma se lamentando dos pais viverem viajando e não a levando para os passeios que fazem pelo mundo.

Ela se levanta, calça as sandálias e desce a escada que leva até o corredor principal da casa. De repente ouve alguns gemidos vindos da sala, são gemidos de prazer, deduziu e estranhou. Será que são os meninos? Pensou esboçando um sorriso sarcástico. Ela continua caminhando, agora pelo corredor e para bem próximo do acesso a sala de visitas. Ela olha discretamente e vê Hugo penetrando Tales por trás no chão e se aguenta para não gargalhar. Quem diria! Pensou. Hugo, o garanhão da Uerj, come mulher e transa com homens.

Ela controla o riso, mas continua observando, só que desta vez bem discretamente próxima da porta por se sentir excitada com os dois fazendo sexo no chão da sala. Queria estar entre eles, pensou. Sobre o Hugo, sempre o desejou, mas imagina que o sentimento não seria recíproco por causa do tipo físico. Rafaela é gordinha, se veste como uma roqueira, roupas largas; e se maquia muito mal.

Nestes últimos dois anos, o único contato sexual que teve foi com Tales. Sempre soube que Tales não a via como única mulher, mas pouco se importava com isso. Apenas quer que ele a satisfaça sexualmente quando ocorrem crises de carência.

Ela sente tanta excitação com aquela cena no chão da sua sala que não pensa duas vezes. Coloca a mão por dentro do short para acariciar sua vagina.

Sandra olha para o relógio, que marca vinte horas e cinco minutos. As aulas acabaram cedo no dia de hoje e estranha porque está no ponto faz trinta minutos e nada do ônibus aparecer. Será que tá rolando passeata na Praça da Bandeira de novo? Perguntou-se lembrando da última que rolou semana passada.

De repente ela percebe que Olavo está na sua frente também esperando ônibus. Ela se aproxima mais e lhe dá um tapa bem forte nas costas e exclama ao vê-lo cambalear:

_ Fala, Lavinho!

Ele se recompõe rápido do tapa e olha para trás. Quando percebe que o tapa veio de Sandra diz:

_ Poxa, Sandra. Você não perde essa mania.

_ Claro que não. Concordou ela abrindo um sorriso. E aí, você tá melhor?

_ Um pouco. A vida tem que seguir.

_ Isso é verdade.

EU QUERO É ME DIVERTIR!

_ Mas a falta da Deise ainda não consigo deixar de sentir.

_ Então vamos falar de outro coisa, menos nela.

Olavo esboça um sorriso fraco e Sandra pergunta:

_ Qual a boa do final do feriadão de Páscoa?

_ Me chamaram para o show do Sorriso Maroto amanhã.

_ Eca! Exclamou Sandra fazendo careta. Pagode?

_ Infelizmente.

_ Ah, Lavinho. Você tá mal.

_ E preciso curar as mágoas ouvindo canções de caras que foram cornos?

_ Não, mas você precisa conhecer gente nova, precisa se divertir.

_ Mas com pagode?

_ Sim. Deixa de ser o estereótipo do roqueiro babaca. Vai tentar se divertir.

_ Tá falando sério?

_ Sim. Lavinho, você tá com dor de cotovelo porque a Deise terminou contigo.

_ Não é dor de cotovelo.

_ Para com isso. É sério, vai se divertir.

MANOLO DE PIEDADE

_ Ah! Exclamou ele sem saber o que responder porque sabe que Sandra está falando a verdade. Deise já o decepcionava fazia algumas semanas. Para tentar mudar de assunto, ele comenta: O ônibus tá demorando.

_ Verdade. Tá quanto tempo esperando esse ônibus?

_ Tem quarenta minutos e nada.

_ Estranho isso.

_ Será que aconteceu alguma coisa?

_ Quem sabe?

_ Engarrafamento no Centro da cidade. Intrometeu-se uma jovem de estatura mediana, cabelos negros lisos, pele branca e olhos castanhos enormes. Vi agora na internet.

_ Só engarrafamento? Perguntou Sandra.

_ Parece que um ônibus está cercado pela polícia na altura do prédio da prefeitura porque está sendo assaltado.

_ Nossa! Exclamou Sandra.

_ Então vamos mofar aqui. Comentou Olavo.

_ Verdade. Concordou Sandra.

_ Pior que não conheço nenhum caminho alternativo para chegar em casa. Comentou a jovem.

_ Eu até conheço, mas teria que pegar um ônibus lá perto da quadra de samba da Mangueira. Disse Olavo.

EU QUERO É ME DIVERTIR!

_ Essa hora lá é deserto. Comentou a jovem. Eu moro em Marechal Hermes. Liguei agora para minha mãe vir me pegar. Se for caminho para você, posso te dar uma carona.

_ Por mim tudo bem. Concordou Olavo. Vai com a gente?

_ Não, obrigada. Dispensou Sandra olhando com estranheza para Olavo por ter aceito carona de uma estranha. Esqueceu que eu posso pegar um ônibus do outro lado da rua?

_ Desse lado também passa ônibus mais vazios do que do outro lado? Perguntou a jovem.

_ Sim. Respondeu Sandra.

_ Hum! Exclamou a jovem.

_ Você também é da Uerj? Perguntou Olavo querendo puxar assunto com a jovem.

_ Sou. Disse ela. Vocês também são?

_ Somos. Respondeu Sandra. Qual seu curso?

_ Faço letras. Respondeu a jovem. Entrei nessa última reclassificação, mas tô pensando em ir para a UFRJ.

_ Por quê? Perguntou Olavo.

_ Só tem um na minha frente na fila de espera. Respondeu a jovem.

_ Então vai conseguir. Comentou Sandra.

_ Você é maluco? Perguntou Sandra em tom de voz bem baixo próximo do ouvido de Olavo.

_ Por quê? Perguntou ele.

_ Aceitando carona de uma desconhecida? Perguntou novamente Sandra fazendo careta sem perceber.

Ele dá de ombros e responde:

_ Todo mundo diz que preciso esquecer a Deise. Vou fazer isso conhecendo gente nova.

_ E para isso precisa entrar no carro de uma estranha? Questionou Sandra.

_ Vou arriscar. Respondeu ele.

_ Você é maluco! Afirmou Sandra e soltando uma risada.

Durante a conversa dos dois, a jovem pega o celular e lê a mensagem da mãe avisando que está se aproximando. Ela guarda o celular e se despede:

_ Gente, estou indo. Você vai mesmo comigo, menino?

Olavo reluta, mas confirma o convite com um aceno de cabeça. Ele olha para Sandra, que está se aguentando para não rir.

EU QUERO É ME DIVERTIR!

_ Desculpa, meu nome é Cláudia. Apresentou-se a jovem enquanto um carro para ao seu lado.

_ O meu é Sandra, prazer.

_ E o meu é Olavo. Disse ele vendo a jovem abrir a porta do carro e entrar.

Sandra faz um aceno de mão para os dois e os veem partir.

Tales beija os lábios de Hugo ainda cheio de tesão e passa o rosto pela sua barba rala.

_ Tenho que ir, gato. Disse Hugo afastando o rosto. Mas adorei estudar com você.

Tales esboça um sorriso de satisfação e diz:

_ Também adorei te ensinar.

Os dois caminham até a porta. Tales a abre e recebe um novo beijo de Hugo, que emenda:

_ Da próxima vez quero que você me ensine lá em casa.

_ Só marcar. Disse Tales segurando a mão de Hugo para impedir que ele se afaste mais. Vou ter o maior prazer de ensinar dessa vez.

Hugo esboça um sorriso mesmo percebendo que Tales o impede de sair. Ele suspira e diz após se soltar:

_ Preciso ir. Prometo que da próxima vez vou querer que você me ensine as matérias da faculdade. Depois vou te ensinar mais posições na cama.

_ Vou aguardar ansioso. Disse Tales recebendo um beijo na boca e vendo Hugo abrir a porta e sair.

_ Terminaram de transar agora? Perguntou Rafaela encostada na entrada da sala, assustando Tales. Assustado assim?

_ Claro, criatura. Respondeu ele se virando e a vendo sorrir. Você apareceu do nada.

_ Não foi do nada. Questionou ela se aproximando de Tales. Tem uma hora que tô aqui esperando vocês pararem de transar.

_ Você estava aqui? Perguntou ele surpreso e constrangido.

_ Sim.

_ Meu Deus! Exclamou ele se encaminhando até o sofá. Que vergonha, meu Deus!

_ Vergonha do quê?

_ Por você ter me visto com ele. Respondeu Tales se agachando e tentando encontrar uma posição no sofá que não deixe sua bunda doendo tanto.

_ Para de palhaçada, Tales! Afirmou ela.

EU QUERO É ME DIVERTIR!

_ Mas é estranho.

_ Por quê?

_ Ora, por quê?

_ Por que você me come de vez em quando?

Tales não consegue responder. Ela continua:

_ Tales, por favor. Gosto demais de você e do prazer que me dá. Você sempre será meu amigo mesmo, mas eu sempre soube que você come outras mulheres.

_ Sabe? Perguntou ele surpreso.

_ Sei. Respondeu ela sentando ao lado dele. Você não é tão discreto quanto pensa.

Ele esboça um novo sorriso de constrangimento e a vê emendar:

_ Nunca fui boba.

_ Tudo bem. Disse ele tentando encerrar o assunto e concluindo. Desculpa por ter transado aqui na sua casa.

_ Isso não foi problema.

_ Não?

_ Não. O problema foi eu não ter participado da transa de vocês.

_ Hum?

_ Tava ali cheia de tesão vendo vocês.

_ Sério?

_ Sim. Respondeu ela sorrindo e deitando no colo de Tales. Me masturbei e tudo.

_ Você tem tesão por dois caras transando?

_ Tenho.

_ Interessante isso.

_ Muitas mulheres tem, Tales. Tava cheia de vontade de ser comida pelos dois.

_ Entendi. Só vou te pedir um favor, Rafa.

_ Qual?

_ Não comenta com ninguém sobre o que você viu hoje.

_ Claro que não vou contar.

_ Tenho vergonha.

Ela o fita com um sorriso carinhoso nos lábios e diz:

_ Bobinho. Muita gente acha que você é viado.

_ Acha?

_ Você sempre deu pinta.

_ Eu não sou afeminado.

_ Mas faz questão de afirmar quando acha um cara bonito.

_ Isso é dar pinta?

_ Um pouco.

_ Isso é machismo seu.

EU QUERO É ME DIVERTIR!

_ Talvez.

_ Então a maioria das mulheres são lésbicas.

_ Talvez.

_ Ah, eu não sou preso a concepções sociais.

_ Será.

_ Tenho certeza.

_ Tudo bem. Então me diga o que achou da transa que você teve com o Hugo?

Tales hesita, mas responde:

_ Gostei.

_ Gostou mesmo?

_ Não, adorei. Respondeu ele suspirando e rindo baixinho tentando esconder o constrangimento por ter gostado da experiência.

_ Então agora a gente concorda que você já tinha uma tendência homossexual.

_ Nem tanto.

_ Para de graça! O Hugo com certeza não te drogou. Com certeza você já tinha um tesão por ele.

_ Tinha sim.

_ Então pronto, acabou de admitir. Completou ela mexendo a cabeça e vendo Tales reclamar de dor. O que foi?

_ Minha bunda. Respondeu ele vendo ela sorrir cheia de sarcasmo.

_ Pena que ele não me deixou comer a bunda.

_ Por quê?

_ Você sabe o porquê. Respondeu ele a vendo esboçar um sorriso malicioso.

_ Ainda tá com disposição?

_ Por quê?

_ Quero que você coma minha bunda.

_ Você sabe que não dispenso isso.

_ Então vá tomar banho antes.

CAPÍTULO 3 – OS SHOWS

Quando Olavo acordou pela manhã foi acessar as mensagens do aplicativo, percebeu que várias pessoas estavam polvorosos. Muitas discussões sobre a ameaça do corte da bolsa permanência dos alunos cotistas da universidade em que estuda. Cacete, o que vou fazer sem minha bolsa? Pensou. Recorrer ao meu pai?

A bolsa permanência é uma espécie de "mesada" que o governo do Estado do Rio de Janeiro paga aos estudantes que comprovem insuficiência de renda familiar

EU QUERO É ME DIVERTIR!

para ajudar no transporte e lanche. Muitos estudantes dependem desse valor pago mensalmente para não necessitarem se submeter a trabalhos que atrapalhariam os estudos ou sacrificar parte da renda dos pais em casa.

Olavo vai descendo as mensagens até localizar a principal. Foi escrita por Alexandre, Secretário de Mídias do Diretório Central Estudantil da Uerj, um sujeito que usa a imagem de um "A" sobre um círculo vermelho dentro de um fundo preto como foto do perfil:

ASSEMBLEIA URGENTE HOJE PARA DISCUTIR AS PROVIDÊNCIAS CONTRA O CORTE DE BOLSAS. 16H NO HALL DO QUEIJO!

De repente seu smartphone vibra quando chega uma mensagem. Ele olha e percebe que é de Daniel.

Vai hj na assembleia? Leu a mensagem e depois digita: *Lógico!*

Olavo coloca o celular ao lado do teclado do computador e suspira. O que vou fazer? Perguntou-se sem conseguir pensar em uma resposta plausível que o mantenha com uma renda que possa suprir as suas necessidades sem sacrificar a da sua mãe, uma dona de casa, que vive de aposentadoria por invalidez concedida pelo governo federal. Além disso, considera inimaginável pedir dinheiro ao seu pai, pois nunca teve um bom relacionamento com o ele. Arrumar um tipo de trabalho que não tem relação com sua graduação até seria interessante, mas sabe que isso pode prejudicar ainda mais o tempo dedicado aos estudos.

O smartphone vibra novamente. Ele pega e vê que é uma mensagem de Sandra. Ele abre a mensagem e lê:

Já viu o q o governador tá aprontando?

Vamos ficar sem as bolsas! Respondeu logo depois de ler.

Vai hj na assembleia?

Vamos. Digitou novamente e depois joga o smartphone contra a parede.

Desde às seis da manhã Ana está na academia trabalhando como personal trainner e fugindo das investidas dos homens. Como o trabalho diminuiu nessa última meia hora, decidiu praticar corrida na esteira. Um homem alto e forte a fita de relance e pensa, Acho que conheço aquela mulher. Hesita por um instante, mas decide ir até ela. Quando se aproxima pergunta:

_ Ana? Ana é você?

EU QUERO É ME DIVERTIR!

Ana olha rápido para não cair da esteira e fica surpresa ao reconhecer o homem.

_ Gustavão! Exclamou ela saltando da esteira e abraçando o homem. Quanto tempo!

_ Verdade. Concordou o homem retribuindo o abraço e a soltando em seguida. Tá malhando aqui?

_ Não, querido. Respondeu ela enquanto gira o corpo e desliga a esteira. Trabalho aqui.

_ Hum! Exclamou o homem esboçando um sorriso carinhoso. Conseguiu emprego rápido na área.

_ Verdade.

_ E a faculdade?

_ É, essa ainda não terminei. Sabe como é.

_ Imagino. Trabalhar e estudar é complicado. A pessoa tem que ser muito batalhadora.

_ Ah, a gente faz o que pode.

_ Verdade. Concordou ele. Percebendo que ficaram em silêncio, ele continua. Tô fazendo uma série ali. Quer me ajudar?

_ Claro. Respondeu ela enquanto continua com um sorriso. Tô aqui pra trabalhar!

MANOLO DE PIEDADE

Tatiana abre a porta principal da emergência do hospital e fecha as feições quando percebe que seu namorado está ali. Depois de suspirar, ela diz:

_ Docinho, você não tem nada para fazer?

_ Trabalho a noite. Respondeu ele. Tirei o dia para te ver, amor.

_ Ah, para! Exclamou ela voltando a caminhar e indo em direção ao ponto de ônibus da rua principal.

_ Para por quê? Perguntou ele a seguindo e sem compreender a rejeição mostrada pela namorada.

_ Você é um grude. Respondeu ela sem parar de caminhar. Só queria que você me deixasse respirar.

_ Mas eu deixo. Respondeu ele a alcançando e esboçando um sorriso ao tentar pará-la. Você tá viva e respirando agora, meu amor.

Tatiana vira os olhos por detestar a tentativa de seu namorado de fazer uma piada. Ela para de caminhar e se vira para encará-lo.

_ Viu? Você tá respirando. Disse ele esboçando um novo sorriso.

_ Essa piada foi péssima, Docinho.

_ Ah, vai dizer que não teve vontade de rir.

_ Não, não tive.

EU QUERO É ME DIVERTIR!

_ Teve sim.

_ Pior que não.

_ Lá no fundinho.

_ Nem isso.

_ Poxa. Disse ele suspirando e continuando a falar com cabeça baixa por vergonha. Prometo que vou melhorar as piadas.

_ Espero.

Ele suspira novamente e pergunta:

_ Pelo menos deixa eu te levar em casa?

_ Nossa, você não desiste.

_ Isso é verdade. Concordou ele e esboçando um sorriso fraco desta vez. Meu carro tá lá mais acima. Vamos lá?

_ Você deveria ter estacionado aqui e não lá.

_ Não tinha vaga.

_ Me esperasse dentro do carro.

_ Você sabe que não consigo.

_ Tenta da próxima vez. Afirmou ela em tom ríspido.

_ Você me maltrata demais. Comentou ele desviando o olhar. Também vim aqui saber quem vai para o show.

_ Ora, meu irmão, a namorada dele, o Olavo, minha prima e uns amigos dela.

_ Então o babaca do Olavo vai?

_ Vai.

_ Ele nem gosta de pagode.

_ Mas ele vai. Disse ela dando de ombros. Até eu estranhei.

_ É um babaca mesmo por não gostar de pagode.

_ Não fala assim dele.

_ Falo do jeito que eu quiser porque você sabe que não gosto dele.

_ Mas eu gosto porque é meu amigo. E se você gosta de mim vai ter que pelo menos fingir que gosta dele. Rebateu ela adorando ver seu namorado controlar a raiva só para lhe agradar.

_ Tá bom. Concordou ele desviando o olhar e balançando a cabeça.

_ Agora vai lá pegar o carro. Ordenou ela vendo seu namorado indignado, mas não conseguindo responder. Vou ficar aqui te esperando porque trabalhei a noite toda. Só não demore.

EU QUERO É ME DIVERTIR!

Ana não percebe que Gustavo não para de olhar seus seios enquanto o auxilia a realizar exercícios para o peitoral. Para disfarçar ele pergunta:

_ Agora está certo?

_ Sim, está. Respondeu Ana segurando os antebraços de Gustavo para os cotovelos não saírem da posição.

_ Ótimo. Respondeu ele disfarçando, mas quase sem conter a excitação.

Ela se afasta alguns centímetros e pergunta:

_ E a namorada?

_ Qual namorada?

_ Qual? Perguntou ela novamente abrindo um sorriso. Tem mais de uma?

_ Não, desculpa. Respondeu ele soltando o equipamento e continuando a mentir. Me expressei mal. Não tenho namorada.

_ Como assim um cara como você sem namorada?

_ E o que tem? Sou bonito, é isso?

_ Não. Respondeu ela envergonhada e arrependida da pergunta. Quer dizer, você é bonito. E é difícil ver alguém bonito sem namorada.

_ Acontece, oras. Retrucou ele dando de ombros. Você mesma, tem namorado?

_ Não.

_ Gata demais e sem namorado, tá vendo?

_ Mas eu tô na "caça" de um homem legal. Respondeu ela ainda constrangida.

_ E eu da nora perfeita para minha mãe. Completou ele dando de ombros. Será que é você essa nora?

_ Eu?

_ Sim. Respondeu ele esboçando um sorriso. Beleza você tem. E pelo que lembro da época do colégio, você era muito gente boa.

Ela adora o elogio, mas não consegue parar de se sentir constrangida. Lembra muito bem de Gustavo e o quanto foi apaixonada por ele no primeiro ano do ensino médio. Porém, sabe que o sentimento nunca foi recíproco. Será que estive enganada? Perguntou-se.

_ Escuta, tem algo pra fazer hoje mais tarde? Perguntou ele inclinando o corpo na direção de Ana, que recua constrangida porque percebeu que o diretor da academia os observa. Posso vir te buscar?

_ Vou ver se posso ir. Respondeu ela mentindo. Hoje tenho aula.

EU QUERO É ME DIVERTIR!

_ Posso te buscar na faculdade. Retrucou ele. Tenho carro.

_ Melhor, não.

_ Tudo bem.

Ela abaixa a cabeça, suspira e diz mesmo arrependida:

_ Passa seu número de telefone.

_ Hum?

_ Seu telefone. Para eu te responder que horas saio da faculdade.

_ Ah sim. Anota aí.

Ele passa o número do telefone enquanto esboça um sorriso de encantamento por ter conseguido, pelo menos a princípio, que houvesse um contato entre ele e a personal da academia. Nem parece a Ana, a imbecil lá do colégio. Pensou. Tá muito gata e parece ser muito fácil de comer. No entanto, ele não percebe que Ana não anotou o telefone como pensava.

Lane quase se engasga com a comida quando Josué senta ao seu lado. Ele estranha e a vê se recompor, e colocar o garfo dentro da quentinha. Ela o fita irada e pergunta:

_ Tá fazendo o que aqui do meu lado?

_ Como assim, Laninha? Só resolvi almoçar ao lado da minha princesa.

_ Só que estamos no refeitório da empresa que trabalhamos.

_ E daí?

_ Como "e daí"?

_ Não podemos ser vistos juntos!

_ Mas eu não te agarrei e não contei para ninguém sobre a gente.

_ Eu sei disso, mas não podemos.

_ Por quê? Perguntou ele com um sorriso malicioso. Tá com medo de ser agarrada por mim? Ou tá doida pra me agarrar e tirar minha roupa?

_ Segunda opção. Respondeu ela depois de hesitar por alguns segundos.

_ Sabia! Exclamou ele com um sorriso malicioso e batendo palmas uma vez e sentando mais perto de Lane. Então você tá gostando do pretinho gostoso aqui.

Ela se afasta alguns centímetros e ele diz:

_ Para de neurose, Laninha. Não vai fazer mal nenhum as pessoas saberem que somos namorados.

_ Quando você teve essa certeza de que somos namorados? Perguntou ela o encarando e surpresa.

EU QUERO É ME DIVERTIR!

_ Quando passamos a sair com frequência, oras.

_ Mas eu nunca disse que você é meu namorado.

_ Só porque você não quer admitir.

_ Por que eu admitiria?

_ Porque estamos saindo direto, oras.

_ Mas isso não significa que estamos namorando.

_ Por que faltou um pedido formal de namoro da minha parte?

_ Não é isso.

_ Então é o quê? Se for o pedido eu posso fazer agora.

Lane esboça uma imensa gargalhada que é notada por algumas pessoas a sua volta no refeitório.

_ Por que o riso? Perguntou ele.

_ Cara, você é casado.

_ Já disse que não sou.

_ Josué, você mora com sua esposa e seus dois filhos.

_ Mas não sou casado. Nos separamos. Quer ir lá?

_ Não me faça rir.

_ Mas é verdade. Só não saí de casa porque não tenho para onde ir. E nem ela de bancar as contas da casa sozinha.

_ E você leva suas namoradas lá?

_ Na verdade nunca levei.

_ Por que será?

_ Para, Lane. Você fala de mim, mas tem namorado.

_ Não tenho mais.

_ Não tem? Terminou?

_ Terminei.

_ Há! Exclamou ele com um sorriso de felicidade, desembrulhando o garfo e abrindo a quentinha. Agora podemos namorar.

_ Mas eu não quero namorar.

_ Por quê? Perguntou ele colocando um pouco da comida na boca em seguida.

_ Porque ainda não confio totalmente em você.

_ Por quê?

_ Porque acho que você ainda é casado.

_ Então vamos lá em casa e te apresento a minha ex-esposa. Daí ela vai te dizer que não somos mais casados.

_ Um dia vou. Disse ela ainda não acreditando e emendando antes que ele continue insistindo. Outro motivo para não querer namorar é porque acabei de sair de uma relação de quatro anos. Quero um tempo pra mim, posso?

EU QUERO É ME DIVERTIR!

_ Tudo bem. Concordou ele levando novamente o garfo até a boca. Só tentei ser correto.

_ Eu sei e gostei muito disso. Disse ela para demonstrar um afago no ego do homem, mas levantando e recolhendo a quentinha. Mas pode ficar tranquilo porque você vai continuar a lamber a minha "laninha" já que gostou tanto.

_ Opa! Assim que é bom!

_ Agora deixa eu ir porque meu intervalo está acabando e preciso escovar os dentes.

Olavo sobe a rampa e vê a multidão reunida no hall dos elevadores do prédio João Lyra Filho do campus do Maracanã da Universidade do Estado do Rio de Janeiro. Muitas pessoas já estão ali faz mais de meia hora para saber as orientações que serão dadas pelo Diretório Central dos Estudantes (DCE) sobre a suspensão das bolsas de permanências.

Ele olha a multidão por alguns instantes e reconhece alguém. É sua amiga estudante de Serviço Social, Anita Ribeiro. Ele estranha por ela não estar carregando sua tradicional mochila e estar de sutiã. Ela sempre teve o péssimo hábito, e admitido por ela mesma, de usar roupas coladas, quase transparentes e sem sutiã para chamar atenção dos homens.

De repente ela olha para o lado e também o reconhece na multidão. Ela acena com a mão o chamando. Ele vai até ela, que diz:

_ E aí, muxibento! Esperando a convocação também?

Ele encosta na parede ao lado dela e responde:

_ Sim. Quero saber o posicionamento do DCE. Tô preocupado.

_ Também estou.

_ Se não conseguir dinheiro ficarei sem poder vir para a faculdade de novo.

_ Eu moro aqui perto, mas também vai ficar inviável para mim. Fico aqui o dia todo.

_ Te entendo.

_ Difícil essa situação.

Ele suspira tentando afastar a preocupação e pergunta tentando mudar o assunto, pelo menos temporariamente:

_ E você? Ainda com o angolano?

_ Sim, ainda com aquele traste.

_ Larga ele.

EU QUERO É ME DIVERTIR!

_ Não é tão fácil assim, sabe. Disse ela e emendando com um sorriso. Ele sabe curar minhas carências.

_ Mas você sabe que não pode esperar nada dele.

_ Disso eu sei. Mas você sabe como é, você também cura as carências da sua namorada.

_ A Deise terminou comigo. Comentou ele abaixando a cabeça constrangido.

_ Puxa, que chato! Exclamou ela fingindo surpresa porque já imaginava que isso ocorreria, pois Olavo a confessou várias vezes sobre os problemas que estava enfrentando na relação. Por que ela terminou?

Olavo conta sobre o término do seu namoro e ela pergunta indignada:

_ Só por que você usou uma bermuda? Perguntou ela indignada.

_ Sim.

_ Mas tava calor, eu lembro desse dia!

_ Sim.

_ Que estranho isso. Comentou ela se contendo por não quer afirmar nada por não ter provas e com medo de ferir o amigo. No entanto, não se contém e pergunta. Será que ela não já tinha outro?

_ Por quê?

_ Cara, pelo que você conta e contou, essa história da bermuda parece um estopim e ela precisava disso. Parece que ela quis um motivo.

_ Será? Perguntou Olavo mesmo sabendo que a suposição de Anita parece ser coerente. Será que ela já tinha outro?

_ Quem sabe?

Começa a vir na cabeça de Olavo os momentos que não deu importância sobre Deise, como a mensagem de texto, o fato dela aceitar com certa frequência a carona de um colega de curso e as vezes que recebia ligações e se afastava. Devo ter sido um idiota mesmo. Pensou se sentindo triste.

_ Não fica triste. Pediu Anita lhe dando um beijo no rosto. Vou te fazer esquecer aquela escrota, no bom sentido, é claro!

_ Vou precisar. Comentou ele tentando esboçar um sorriso.

Ela o abraça por alguns segundos, mas é interrompida por uma jovem negra que se aproxima deles e acerta um tapa nas costas de Olavo, que o faz cambalear. Ele se vira e percebe logo que o tapa veio da jovem.

EU QUERO É ME DIVERTIR!

_ Poxa, Sandra! Exclamou ele um pouco irritado sem perceber a surpresa de Anita. Mania chata essa sua.

_ Eu sei. Mas faço isso para te irritar. Comentou Sandra com um sorriso.

_ Mas dói. Retrucou ele. Sandra, essa aqui é Anita. Anita essa é Sandra.

As duas se cumprimentam com um aceno de mão. Sandra para tentar não deixar o silêncio vir e ficar numa situação constrangedora, pergunta:

_ A assembleia atrasou de novo?

_ Pior que sim. Comentou Olavo.

_ É chato demais isso. Comentou Anita. Vocês estudam juntos?

_ Sim. Respondeu Sandra.

_ Milagre. Comentou Anita.

_ Por quê? Perguntou Olavo.

_ Você é antissocial. Respondeu Anita esboçando um sorriso.

_ Isso é verdade. Concordou Sandra. E você, Olavo, voltou vivo de ontem?

_ Por que eu não voltaria?

_ Você entrou no carro de uma desconhecida que ficou te dando mole ontem lá no ponto.

_ Mentira? Perguntou Anita surpresa. O Olavo entrou no carro de uma desconhecida que dava mole pra ele? Era ele mesmo?

_ Era. Respondeu Sandra. Nem eu entendi. Tinha que ver a garota. Quase se esfregando nele.

_ Sério, Olavo? Perguntou Anita se divertindo.

_ Exagero dela. Respondeu Olavo fechando o rosto.

_ Exagero? Tinha que ver, colega. Pensei que ela ia arrastar ele pra um motel.

Anita cai na gargalhada e Sandra continua vendo o rosto de Olavo ficar vermelho:

_ E ele dando liberdade para ela. Parecia que ele gostou da situação. Pelo menos trocaram alguns beijinhos?

_ Não.

_ Fala a verdade, Olavo. Pediu Anita ainda se divertindo.

_ Não nos beijamos. Confessou ele. E a mãe dela tava no carro. Mas trocamos contato se querem saber.

_ Aí, meu amigo! Exclamou Sandra o abraçando com força.

_ E pensar que ele tava ainda agora curtindo uma fossa aqui. Comentou Anita se recompondo.

EU QUERO É ME DIVERTIR!

_ Ah, para! Exclamou ele gesticulando. Só trocamos contato. E ela nem deu em cima de mim.

_ Para digo eu, Olavo. Comentou Sandra. Desde quando você sabe que tem alguém afim de você?

_ Ele nunca sabe! Exclamou Anita sorrindo novamente.

_ Viu.

_ Enquanto vocês ficam aí me sacaneando, vou dar uma passada no banheiro. Comentou ele mentindo e se afastando.

_ Vai lá e depois volta. Disse Anita. Precisamos te ensinar a ler os sinais emitidos pelas mulheres.

Olavo se afasta, desce a rampa e vira no corredor de acesso ao banheiro masculino. Ele para na porta do banheiro, disca alguns números e uma mulher atende:

_ Dona Nize.

_ É ela.

_ Aqui é o Olavo. A Deise tá aí?

_ Tá sim, mas não pode atender.

_ Por quê?

_ Tá no quarto com o namoradinho novo.

_ Namoradinho? Perguntou Olavo com um misto de indignação, raiva e surpresa. Como assim?

MANOLO DE PIEDADE

_ Quem tá falando mesmo?

_ Olavo.

Depois de alguns segundos de silêncio, a mulher pergunta:

_ Meu filho, ela não te contou?

_ Não.

Olavo ouve um longo suspiro até que a ligação é desfeita. Ele guarda o celular e se segura ao máximo para não gritar de raiva. A desgraçada me enganou esse tempo todo! Imaginou. Nem respeito por mim a vagabunda teve. Já deveria estar me chifrando.

Ao olhar para baixo fita Josef adentrar pelo prédio e subir a rampa até o rall dos elevadores.

Tales está deitado na cama enquanto ouve *People Who Died* da *Jim Carroll Band* na conta do Spotify da sua mãe. Ele pensa sobre o dia de ontem e como isso pode afetar sua vida daqui para frente. Se aquele desgraçado falar alguma coisa, eu mato ele, pensou logo lembrando que se isso acontecer, ambos serão taxados de homossexuais. A perda será maior para Hugo, que é conhecido por ser um grande conquistador. Há boatos de que viram ele sair de um motel na Cruz Vermelha com uma das professoras.

EU QUERO É ME DIVERTIR!

No entanto, apesar da preocupação, tem certeza que gostou da experiência e quer repetir outras vezes, sentir mais corpos de homens roçarem sobre o seu, mas prefere não pensar nisso agora porque não pode se excitar, pois está com o pênis muito dolorido.

Então eu gosto de homens e mulheres, disse a si mesmo tentando se convencer de que não é apenas um gay porque teme a reação dos amigos. Sabe que é mais fácil ser aceito como bissexual do que um homossexual.

É compreensível esta confusão na mente de Tales. A excitação por homens começou faz alguns meses num churrasco quando um amigo da faculdade o segurou por trás e simulou sexo anal na frente de todos. Depois dali passou a ver vídeos pornográficos homossexuais na internet, mas se controlou ao máximo perto de outras pessoas. Sei que precisava dessa experiência, pensou novamente abrindo um sorriso.

Tales também sabe que está vida que leva regada com muito álcool, cigarro e drogas está destruindo-o. Em alguns momentos preferiria frequentar cinemas, lanchonetes e exposições artísticas acompanhado de uma namorada, conversar sobre coisas que as pessoas consideram assuntos nobres e úteis. Ou seja, ele deseja ser socialmente correto, um exemplo.

Quem será que pode me ajudar a tentar ser correto nessa vida? Pensou lembrando logo da única pessoa conhecida que gosta de frequentar cinemas e exposições artísticas, além de conversar sobre assuntos políticos, cultura e economia: Olavo.

Olavo é tão chato e ranzinza, apesar de bonito, mas é a única pessoa que talvez me tire dessa merda de vida, pensou ele se virando e pegando o smartphone para mandar uma mensagem para Olavo e ver se ele está livre para ir na exposição sobre arte cubana no Centro Cultura Banco do Brasil.

Josef sobe no mármore que dá acesso as rampas dos outros andares do bloco João Lyra Filho e fita várias pessoas que estão ali o observando. Reconhece algumas e desconhece outras. Ele pigarreia uma vez e diz:

_ Pessoas da minha Uerj. Precisamos convocar todos aqui. Precisamos tomar uma atitude contra esse governo neoliberal e hipócrita. Hoje foi declarada a impossibilidade de pagar as bolsas permanências deste mês. Não podemos ficar parados. Com frequência, as atividades

EU QUERO É ME DIVERTIR!

na nossa universidade têm sido suspensas por falta de pagamento deste mesmo governo. Precisei convocar essa assembleia porque precisamos dar um basta nisso. Muitos aqui dependem dessa bolsa para ter o direito a educação de qualidade garantido. Não podemos mais aceitar essa situação. A Universidade do Estado do Rio de Janeiro é de excelência. Não pode tolerar este tipo de arbitrariedade. Por isso proponho um indicativo de greve e uma passeata hoje nos dois principais acessos da universidade. Ele sorve um pouco de água que retira da garrafa que alguém o entregou segundos antes e continua. Vamos para luta, companheiros?

Um "sim" coletivo é ouvido de forma ensurdecedora. Os principais delegados do diretório acadêmico esboçam sorrisos de satisfação. Josef fita Olavo em particular e grita:

_ Todos lá fora agora. Vamos mostrar o poder dos estudantes da Uerj!

Uma multidão desce a rampa nos dois sentidos das entradas da Universidade do Estado do Rio de Janeiro e se encaminham até as duas vias de acesso. Em pouco tempo, os dois lados estão tomados pelos alunos. Panfletos são distribuídos aos motoristas para denunciar os problemas enfrentados pela instituição.

MANOLO DE PIEDADE

Rapidamente chega a polícia militar e começa a conversar com alguns estudantes com o intuito de controlar a manifestação. Josef se aproxima dos policiais enquanto é observado pelos estudantes, e pergunta:

_ Algum problema, policial?

Na outra ponta da rua, Olavo retira o smartphone do bolso e lê a mensagem de Tales pelo aplicativo:

Afim d ir no CCBB hj?

Ele suspira e digita a resposta, e encaminha:

Hj ñ da. Pde ser amanhã?

A nova resposta vem em sequência:

Pode!

Sandra adentra pela porta da sala e caminha até seu pai para lhe dar um beijo no rosto, ele a vê e pergunta:

_ Como foi a manifestação, filha?

Ela o beija e responde depois de complementar com um abraço:

_ Tranquilo. Por incrível que pareça a polícia não incomodou.

_ Menos mal. Sua mãe estava preocupada.

_ Mas não aconteceu nada.

_ Essas coisas sempre acabam em pancadaria.

EU QUERO É ME DIVERTIR!

_ Eu sei. Concordou ela e completando após abrir a geladeira. Essa não acabou. Ainda tem meu chocolate?

_ Tem, eu comprei. O Olavo estava lá?

_ Estava sim. Por quê?

_ Se afasta desse garoto.

_ Hum? Por quê? Perguntou ela fechando a geladeira e mordendo um pedaço da barra de chocolate.

O ônibus para e Tatiana embarca nele junto de seu namorado e seu irmão. Passam pela roleta depois de pagar a passagem e sentam perto de Olavo depois de cumprimenta-lo.

_ Pensei que ia ficar em casa curtindo a depressão. Disse o irmão de Tatiana, um jovem mulato de óculos.

_ Resolvi ir. Respondeu Olavo enquanto vê o ônibus dando a partida. Não vale a pena ficar em casa pensando na Deise.

_ O que houve pra mudar de ideia e sair do mundo virtual? Perguntou Docinho.

_ Ela tá com outra. Respondeu Tatiana pelo amigo e vendo os outros se calarem. Depois de alguns segundo de um silêncio, ela continua. Sei que você é roqueiro, mas tem que dar oportunidade de conhecer pessoas.

MANOLO DE PIEDADE

_ Sei disso. Comentou Olavo. Por isso resolvi ir. Quem sabe abrindo a mente eu possa melhorar já que errei até hoje.

_ Ah, cara. Também não é assim. Discordou Docinho.

O VLT passa próximo a elas, que estão sentadas no famoso bar Amarelinho, fundado no ano de 1921 e localizado na Cinelândia, região da cidade que já abrigou inúmeros cinemas e teatros. Lane observa o rapaz barbudo e musculoso passar próximo a ela e tendo como pano de fundo o Theatro Municipal iluminado.

_ Você quer curtir mesmo! Exclamou Melanie sorrindo e continuando. Olhando desse jeito, o gostosão ali vai ficar feio.

_ Ah, para! Pediu Lane sorrindo, mas um pouco envergonhada. Só olhei para o Theatro Municipal.

_ O Theatro? Perguntou Melanie com um sorriso irônico. Mordendo os lábios enquanto olha o imponente prédio de arquitetura eclética cheio de detalhes ao fundo?

_ É. Respondeu Lane mentindo. Cultura me excita.

EU QUERO É ME DIVERTIR!

_ Aquela banca de jornal tá tão linda, não é Melanie? Perguntou Dandara apontando para um jovem de óculos próximo a entrada do cinema Odeon.

_ Aliás, essa praça tá tão linda hoje! Exclamou Melanie rindo.

_ Ah, para meninas. Pediu Lane sorrindo. Vocês sabem que gosto do Centro, principalmente essa região, me sinto bem aqui. As vezes me imagino no começo do século vinte andando por aqui. Adoro esse ar intelectual.

_ Hum, sei! Interjeito Dandara. E tua diversão, não vai vir?

_ Tá em casa com a mulher. Respondeu Lane suspirando e emendando. Vocês gostam de falar de mim, heim. Por que não falam dos caras com quem saem?

_ Por que os seus são mais divertidos. Respondeu Dandara. Você tem um gosto eclético.

_ É. Concordou Melanie. Sem contar que minha vida tá parada. Nada acontece.

_ A minha também. Comentou Dandara. Estou envolvida demais com a faculdade. Assim fica difícil sair, né?

_ Nem nas festas lá da UFRJ? Perguntou Lane.

_ Pior que não. Respondeu Dandara sorvendo um pouco do chope e colocando a tulipa de volta na mesa. Sem contar que no meu curso só tem idiota e gay.

_ E qual é seu tipo preferido? Perguntou Lane.

_ Sei lá! Exclamou Dandara dando de ombros. Gostos de caras difíceis, você sabe.

_ Resumindo, você gosta de apanhar. Comentou Melanie. Gosta de caras que te façam sofrer.

_ Exatamente. Concordou Dandara com um sorriso. Mas confesso que eu era doida pra dar uns beijos no Olavo quando ele vivia grudado em você.

_ Sério? Perguntou Lane sentindo um certo ciúme.

_ Nunca tentei nada porque valorizo sua amizade, mas cansei de pensar nele no banheiro.

_ Nossa! Exclamou Lane com um sorriso para desfaçar o ciúme. Mas admito que o Olavo sempre foi gatinho, apesar de ser mal cuidado.

_ E você, Melanie, também sentia atração pelo Olavo? Perguntou Dandara para despistar o ciúme aparente de Lane.

_ Atração exatamente, não. Respondeu Melanie. Mas sempre achei ele bonito. Olavo é o tipo de cara para namorar sério. Nunca fez meu tipo.

EU QUERO É ME DIVERTIR!

_ Ah, pelo menos você me respeitava! Exclamou Lane de forma ríspida.

_ Ei! Intrometeu-se Dandara. Eu te respeitava sim, Lane. Por isso que nunca tentei nada. Sem falar que você abusou demais dele.

_ Ei, meninas. Intrometeu-se Melanie para evitar uma discussão. Vamos deixar o Olavo em paz.

_ Verdade. Concordou Lane pegando o celular e abrindo a foto de Olavo no aplicativo de mensagem. Ele deve estar em casa pensando na ex-namorada que acabou de larga-lo.

Depois de passar pela bilheteria e serem revistados, Olavo, Tatiana, seu irmão e Docinho adentram pelo Mello Tênis Clube e logo encontram Daiana, prima de Tatiana acompanhada de uma amiga, que ela logo a apresenta. Seu nome é Tatiane. Ambas são estudantes de enfermagem da Universidade do Estado do Rio de Janeiro.

O irmão de Tatiana, Rafael, percebe que Olavo não para de olhar para a quase homônima da sua irmã. Mas realmente, ela é bonita, pensou ele a fitando dos pés à cabeça.

_ Vamos para o bar e depois lá para dentro. Sugeriu Daiana. Tem uns amigos que estão para vir logo.

Eles se encaminham para as tendas que vendem cervejas e param próximos a uma delas. Docinho vai até uma das tendas pegar algumas latas de cerveja enquanto Tatiana, Olavo e Rafael aguardam num canto e Tatiane e Daiana mais a frente com um metro de distância.

_ Já esqueceu a Deise? Perguntou Rafael bem próximo de Olavo.

_ Do que você está falando? Olavo devolveu a pergunta para Rafael.

_ Como o quê? Desde que a gente entrou você não para de olhar pra amiguinha da Daiana.

Tatiana ouve e esboça um sorriso.

_ Ela é gatinha mesmo. Concordou Olavo.

_ Então investe nela. Sugeriu Tatiana.

_ Nem sei se vou conseguir. Disse Olavo suspirando.

_ Já tá derrotado antes de começar? Perguntou Rafael pegando uma lata de cerveja da mão de Docinho, que acabou de se aproximar.

_ Nem sei como me aproximar. Defendeu-se Olavo.

EU QUERO É ME DIVERTIR!

_ Do que ele tá falando? Perguntou Docinho se aproximando.

_ Ele se interessou pela amiga da Daiana, mas tá com medo de ir até ela. Respondeu Rafael abrindo a lata de cerveja e a sorvendo.

_ Tá de sacanagem, cara? Perguntou Docinho fazendo careta sem perceber. Como você conseguiu namorar duas vezes?

_ Carlos! Exclamou Tatiana repreendendo o namorado.

_ O que foi? Perguntou Docinho sem entender a reação de Tatiana.

_ Não precisa ser grosso com ele. Respondeu Tatiana.

_ Para de tratar ele como criança, mulher! Retrucou Docinho. E você sabe que estou certo. Como alguém sem autoconfiança conseguiu namorar por duas vezes? Mulheres odeiam homens sem confiança.

_ Isso é verdade. Concordou Rafael vendo Docinho entregar uma lata de cerveja para Olavo.

_ O que você tá fazendo? Perguntou Tatiana para Docinho.

_ Cerveja serve para fazer relaxar, transmite confiança. Respondeu Docinho piscando um dos olhos para Olavo. E é disso que ele precisa.

_ Mas eu nunca bebi. Disse Olavo para o espanto dos outros.

_ Tá de sacanagem? Perguntou Docinho surpreso.

_ Não. Respondeu Olavo sem entender a surpresa dos outros.

_ Então abre essa lata e bebe. Ordenou Docinho.

_ Carlos! Repreendeu Tatiana. Ele acabou de falar que nunca bebeu. Vai passar mal.

_ Cerveja faz a pessoa relaxar e transmite autoconfiança, já disse. Retrucou Docinho. É disso que ele precisa.

_ Como sabe que ele precisa disso? Perguntou Tatiana. Tá querendo drogar ele?

_ No caminho até aqui ele disse que quer mudar, que teve dois relacionamentos fracassados e que nunca mais quer passar por isso. Só que para conseguir isso, tem que mudar, deixar de ser um babaca típico pra casar e aprender a viver a vida, nem que seja com moderação. Respondeu Docinho.

EU QUERO É ME DIVERTIR!

_ Ser o cara ideal para casar não é ruim. Retrucou Tatiana.

_ Então ele vai ter que ficar sozinho e pagar para trepar com putas até achar uma mulher que queira formar uma família. Defendeu-se Docinho. Até lá esses fracassos amorosos não vão parar de se repetir.

_ Você não pode dizer isso! Exclamou Tatiana.

_ Não, ele pode. Intrometeu-se Olavo abrindo a lata de cerveja. E ele está certo. Só fracassei. Isso tem que acabar.

Eles ficam surpresos ao ver Olavo sorver a cerveja toda da lata de uma vez, mas logo começam a rir porque ele se engasga no final.

_ Ah, eu to tentando! Defendeu-se Olavo.

_ Já é um começo! Disse Docinho. Vamos lá pra dentro? Meninas, por que estão distantes?

_ Oi? Respondeu Daiana.

_ Vocês estão distantes. Disse Docinho.

_ Esperando nossos amigos. Defendeu-se Daiana.

_ Precisam ficar distantes? Perguntou Docinho. Vamos lá pra dentro se divertir. Quando eles chegarem ligam pra vocês ou mandam mensagens.

Elas concordam e seguem os quatro até o interior da quadra do clube. Docinho entrega uma lata de cerveja para cada um. Eles começam a balançar o corpo por causa do ritmo do funk.

Olavo não para de demonstrar atração por Tatiane. Gatinha ela! Pensou. Todos em volta percebem a imediata mudança em Olavo causada pela cerveja. A cerveja já tá fazendo efeito rápido, pensou Docinho esboçando um sorriso.

_ Vai até ela. Sugeriu Rafael bem próximo de Olavo.

_ Hum? Perguntou Olavo voltando para a realidade.

_ Vai até a amiga da Daiana, cara. Explicou Rafael. Tá na cara que você tá afim dela e todo mundo já percebeu isso aqui.

Olavo sorve dois goles de cerveja e toma a decisão:

_ Vou lá!

Rafael esboça um sorriso e vê Olavo se afastar. Docinho percebe e se aproxima perguntando:

_ O que deu nele?

_ Finalmente tomou coragem. Respondeu Rafael.

EU QUERO É ME DIVERTIR!

_ Tem uma exposição sobre arte cubana rolando no Centro Cultural Banco do Brasil. Comentou Tales na frente do notebook.

Hugo se aproxima e lhe beija o rosto, e diz:

_ Não gosto muito de arte, gatinho.

_ Mas não pensava em ir com você. Respondeu Tales depois de alguns segundos de silêncio e esboçando um sorriso.

_ Não comigo? Perguntou Hugo tentando disfarçar o constrangimento.

_ Eu sei que você não gosta de arte. Disse Tales tentando contornar a situação. Só tô querendo mudar um pouco.

_ Mudar?

_ Sim, ter contato com coisas diferentes.

_ Você nem curte arte.

_ Mas gostaria de curtir.

_ Hum! Interjeito Hugo disfarçando o possível medo da rejeição. Quer curtir com quem?

_ Sei lá! Respondeu Tales saindo da frente do notebook e ajoelhando no chão perto das pernas de Hugo, que está sentado nu na sua cama. Com algum amigo ou amiga.

MANOLO DE PIEDADE

_ Entendi.

_ Você ficou estranho. Comentou Tales percebendo que o companheiro não está mais excitado.

Hugo olha pela janela e fita a lua azul iluminando os prédios em volta, e responde com uma mentira:

_ Estou não.

Tales percebe que é mentira, mas prefere não insistir.

_ Para te provar que não estou mentindo, vou te fazer um boquete. Disse Hugo esboçando um sorriso malicioso. Senta aí na cadeira.

_ Poxa, Docinho. Começou Tatiana a reclamar após cruzar os braços. Você não deveria ter falado daquele jeito com o Olavo.

_ Por que não deveria? Perguntou ele demonstrando uma leve irritação. Como eu teria que falar? Por acaso além de viadinho pau no cu também é sensível?

_ Não é isso. Respondeu ela. Ele acabou de terminar um relacionamento. O cara sempre se ferrou nesses assuntos de amor.

O irmão de Tatiana se aproxima dos dois e diz apontando para um trecho da quadra:

EU QUERO É ME DIVERTIR!

_ Vocês estão discutindo sobre o Olavo, mas olha ali quem tá indo pra aquele cantinho.

_ Ih! Interjeio Tatiana surpresa ao ver sua quase homônima encostando Olavo na parede e o beijando de uma forma tão intensa que chega a ser erótica.

_ Ali, oh! Exclamou Docinho. O fodido já se arranjou.